新时代诗库

中国田园

许 岚 著

中国作协定点深入生活项目

四川省作协乡村振兴重点作品扶持项目

中国言实出版社

图书在版编目(CIP)数据

中国田园 / 许岚著 . -- 北京 : 中国言实出版社,
2023.6

ISBN 978-7-5171-4489-2

Ⅰ . ①中… Ⅱ . ①许… Ⅲ . ①诗集 – 中国 – 当代
Ⅳ . ①I227

中国国家版本馆 CIP 数据核字（2023）第 100365 号

中国田园

责任编辑：郭江妮
责任校对：邱　耿

出版发行：中国言实出版社
　　　　　地　　址：北京市朝阳区北苑路180号加利大厦5号楼105室
　　　　　邮　　编：100101
　　　　　编辑部：北京市海淀区花园路6号院B座6层
　　　　　邮　　编：100088
　　　　　电　　话：010-64924853（总编室）　010-64924716（发行部）
　　　　　网　　址：www.zgyscbs.cn　电子邮箱：zgyscbs@263.net

经　　销：新华书店
印　　刷：北京温林源印刷有限公司
版　　次：2023年7月第1版　　2023年7月第1次印刷
规　　格：880毫米×1230毫米　1/32　7.875印张
字　　数：274千字

定　　价：58.00元
书　　号：ISBN 978-7-5171-4489-2

新时代诗库

许岚，出生于四川南充，现居眉山。中国作家协会会员，眉山市作协副主席，成都文学院签约作家，三苏祠博物馆驻馆诗人。作品散见于《人民日报》《光明日报》《解放军报》《诗刊》《星星》《扬子江》等刊物，入选《中国年度诗歌》《中国当代诗库》《中国当代诗人代表作名录》《四川百年新诗选》等选本。著有诗集《我们的苏东坡，世界的苏东坡》《中国先贤100人》《眉山记》，思想短语录《岚言集》。

Xu Lan, born in Nanchong, Sichuan, is a writer who lives in Meishan, Sichuan. Xu is a member of China Writers Association and is the vice president of Meishan Writers Association. Xu is also the signed writer for Chengdu College of Art as well as the resident poet of the Three Su Museum. His works are published on "People's Daily", "Guangming Daily", "PLA Daily", "The Poetry", "Star", "Yangtze", etc. Some are also collected in "China Annual Poems", "China Modern Poetry Collection", "Modern Chinese Poets' Collection", "Sichuan Centurial Poem Collection", etc. Some of his famous works include "Our Su Dongpo, The World's Su Dongpo", "100 Chinese Wisemen", "Meishan Note", The Collection of Lan's Words".

目 录

CONTENTS

第二辑　山水田园·

　　　　捧一串清澈的鸟鸣洗脸

第三辑　文化田园·
离浮华很远，离苏东坡很近

第四辑　花开田园·
　　　　我们的芬芳，不喜不悲

第一辑

丰收田园·喜悦一粒都不能少

永丰村

总书记，与一座村庄的第一书记

在三千亩青绿中，相逢、握手、漫步

在一阵笑谈中，完成了一种使命的神圣交付

多像一位长者，对一位年轻人的殷殷嘱托

把脚下的土地种在心底

把人民的利益别在胸膛

一种目光睿智沉稳、慈祥如水

一种目光从忐忑不安到平静从容

两道从未离开过这方稻田的目光啊

如飞云闪电，似涓涓溪流

聚焦成了百姓最朴素真挚的心愿

丰收最饱满灿烂的太阳

荷塘月色的目光。或喜笑迎客，或含苞待放

农家小院的目光。甜压枝头的金手指葡萄、香瓜肉丝瓜、六月红脆李、南瓜、玉米棒子……
铆足了劲，垂涎着餐桌的味蕾
农家墙面米色的目光。丰收的画卷
以时代为序，一浪高过一浪
观光大道木春菊的目光。一丛丛，一朵朵
张开了芬芳的翅膀
通济堰的目光。浇灌着田野的希望……

国家现代农业园区、IPM 绿色示范防控园区
每一叶青绿的目光。正亭亭抽条
新品种冠两优华占、麟两优华占的目光
孕育着高标准农田产量新的增长点
一个个种粮大户的目光。生态、坚定——
"中国人的碗，得盛中国的粮！"
一万只白鹭。一万个赤子，归来的目光
定居在一座念兹在兹的向往

2022 年 6 月 8 日。时光的呼吸
多么抑扬顿挫、淋漓酣畅

在永丰村。躬耕于米字路口
每一个方向，都是盈盈的稻花香

一条高铁、一条高速公路

像两只铁骨柔情的手臂

将永丰村深情地呵护、拥抱

更像是新时代中国两道禾下乘凉的目光

将九百六十万座村庄稻浪的解说

说给世界、远方

粮食啊，粮食

粮者，善良的米。食者，善良的人

汉语词典说：粮食是谷物、豆薯类的总称
祖辈说：粮食是命根和娘亲
哲人说：民以食为天
营养师说：粮食是维持人体生命的养料

大地说：孩子，你是我最骄傲的公主
在一望无垠的金灿灿里
你总是低垂沉甸甸的头颅
连幸福时都默默无语

日子说：粮食是生命血液的河流
这晒场上滚动着的、一粒粒饱满的金子
纯朴干净的植物
常常在夜色中，被月光一层层
均匀地、晶莹剔透地剥开

世界粮食日说：这丰饶田野上歌唱的精灵

把岁月抒写得五彩斑斓、红润生动

她，拒绝和虱子、毒药同居

痛恨那些灵魂营养不良者

把她浸入毒液，漂浮在黑暗的深处

粮食说：我是绵延起伏的五线谱

我是炎黄手心里的家谱、国家史诗

我为生活，梳妆舞蹈

我为镰刀，弯腰含笑

我为勤劳和善良者，红橙绿黄

农人是粮食的种族、根系

像一缕千年万年沿袭的土著清香

我是人类今天真实的疼痛与欢欣

我像二十四节气一样真诚地活着

远离花言巧语

远离心怀叵测

有机村

从小就有一粒有机的种子
生长在我生活的地方
只是那时我还不懂得。如今
寻着它的声音归来。这粒种子
已经繁茂成森林，让人始料未及

中国有机农业第一县
它所经历的贫穷是漫长的
它从贫穷到富裕的阵痛与喜悦
只用了一个词——有机

盐水垭村。这个曾经无人问津的小山村
像是经历了一场遥不可及的梦
脆李、柑橘、稻鱼、桑尖、牛奶猪肉
葵花鸡、鱼片、竹笋、香薯……
这些有机的兄弟姐妹、父老乡亲
他们有机的血液和梦想

绵延于河流、山川
为心中的《桃花源记》
埋下了有机的伏笔

在中国有机生活公园同有机产业漫步
在黑柏山乡村湿地公园与山水相亲
在国际有机文化博览馆
有机农产品展销馆流连忘返
在有机农业培训中心
有机农业实训基地回归劳作
在有机生活体验馆
有机果蔬基地采摘丰收
在有机美食体验餐厅的有机宴上
让舌尖舞蹈……

有机的气息。浸润着我的肺腑
垂涎我的味蕾，古典着一幅现代的
有机农业、有机文化、有机生活场景
桃花、荷花、香桃花、脐橙花
有机四季的歌唱者。芬芳着一个
有机时代的感恩与奋进

亚洲有机峰会永久会址
2021 全国十大最美乡村

像大健康和乡村振兴，两支有机之桨

在天地间，深情划动着

有机中国，有机的今天与未来

再生稻，兼怀袁隆平先生

富顺，自古出才子。如一脉乡音

多么清香四溢、洁净鲜亮

自从清乾隆年间，一种叫怀胎草的再生稻

破土而出，富顺的文脉，于悄无声息中

滋生了一粒叫诗情画意的粘性

使得故土的爱

营养更加丰富，入口更加滑爽

使得我们对故土的爱

咀嚼更加悠长

富顺再生稻是富顺人与生俱来的理想

如同一叶稻桩上存活的休眠芽

在适宜的水分、养分、温度、光照下，萌发再生蘖

进而生长、发育、抽穗、结实、成熟

营养一座城池的沧海桑田、星移斗转

硅、锌、铁、硒等微量元素及多种有机质

赋予她的初心，自然健康

沱江、釜溪河，是她永不干涸的血脉和生态原浆

当富顺再生稻米与富顺豆花，结为连理
一种叫"富顺豆花饭"的绝唱
便从从容容地行走在天下人的舌尖
中国美食的族谱与餐桌上

从种稻填饱肚子，到种稻奔小康
今天的懵懂少年，纷纷走出书本的夙愿
认识农业、热爱农业、投身农业、成就农业
是他们禾下乘凉的心之所向

每一部理论，都是遗产
每一声蛙鸣，都是心之家园
在童寺、代寺，这一占据中国首地的再生稻乡
那一枚枚垂挂着的共和国勋章
不就是袁隆平老人，别在这辽阔丰盈田野之上的
农耕文明的未来与希望

他的每一滴泪水，我们的每一份感恩都是稻花
盈满筚路蓝缕的中国饱满可口的甜香

静观小米

一粒小米。它的身体
挺拔在海拔 1000 米的中华山上
它的香甜，弯腰了 500 多年

从皇亲国戚喜食乐道的宫中贡品
到黎民百姓口口相传的碗中之羹

它的初心。传统种植，不施化肥，不打农药
它的道义。熬粥，烹饪小米排骨、小米粉蒸肉
它的善良。美容养颜、补气益血、改善睡眠……

一粒小米。静观世界

廉政稻田

一群人。褪下工作服，穿上庄稼衣
头戴一顶草帽。在雄义村奔康路
"退园还耕粮油示范带"这块特殊的土地上
卷起裤腿，俯下身子，一字形排开

8.68 亩。在此时，不再是一个数字
更是一种检阅。秧苗直不直、入不入泥
全凭一双手的信念
稻田丰不丰收，稻米安不安全
全靠一颗心的良知

纪检人，办理一个案件。就像是
从插秧、施肥、薅秧到收割的过程
百姓是水。案件，是那水中的秧

置身于茫茫的青绿中
金灿灿的喜悦里。总会有那么一粒

让人魂牵梦系、难以释怀

人间真正的仁美、大美。莫过于
廉政这朵稻花，与天地浑然一体

十万亩深爱

水池村、踏水村、棚村、花园社区……

中国"西部粮仓走廊"环线

十万亩麦田

我的十万父老乡亲们

我的十万兄弟姐妹们

正在收割机金灿灿的喜悦与忙碌中

完成了一次现代农耕文明与古老农耕文明的接力

粒粒饱满香甜、辽阔无边地

涌入我根系纵横的诗田

赐予我那荒芜断代了多年的深爱

将仁里寿乡的情感予以灌溉

独脚插秧女

两根拐杖。是她的两个儿子
紧紧地扶着她
一棵棵乖巧的秧苗像她的女儿
从她的左手，熟练地滑到她的右手
然后，经过水的梳洗
亭亭玉立于泥里

像一个独舞者。她一低头
女儿，就绿了一寸
她一抬头，天空就矮了一尺
泥浆，溅在她破旧的衣上
溅起一田的秋天

我不敢看她的眼神
像沃土看见荒野
针尖看见血流

风经过的路上

她的笑容，是一望无垠的家园

麦田

因钟情镰刀的勤劳、女人的雪亮
在卓克基官寨的一方麦田里。所有的麦子
都竖起了丰收，饱满着乳汁

季夏的风。出奇得温顺而乖巧
它张开凉意丝丝的翅膀，一刻不停地
擦拭着收割人，那汗水盈盈的欢欣

向日葵也和麦子，一起迎着风的方向
一棵棵香甜、清脆地弯下了腰
一瞬间，就弥漫了泥土的心扉

在这茫茫的原野之上
我，虽不是最后的守望者
但终于可以，在我习以为常的收割季之外

第一次，听见了高原麦子

像一个民族

那挺立着生长、匍匐着成熟的善良、庄严

爱一整个秋天

爱一滴水。和风的微笑相遇
抚平秋天的皱纹

爱一朵花。把走远了的秋天
用一缕芬芳，牵回

爱一只鸟。在秋天光秃秃的枝头上
飞。像一片刚长出的新叶

爱一缕阳光。为每天早早醒来的秋天
送去一声早安

爱一粒粮食。在大地广袤的田野
低下头来，陪秋天促膝长谈

爱一整个秋天。漫无声息地站起来
又漫无声息地匍匐下去

把一颗熟透了的幸福

轻轻地，轻轻地

交到冬天的手心

稻熟了

稻和秋一样
属火命

秋天是位好母亲
把稻的后半生
托付给一粒火

稻被风揭开红盖头

火像一位男人
健壮而饥渴
火火辣辣的眼神
很快就吞噬了稻

稻和火低头在大地上奔跑
蜕皮
稻在火上再次受孕

在锅碗瓢盆面前

稻的香甜，就会雪白地抬起头

秋天是一幅哲学与油画

像一位安详从容的妇人。在风雨涅槃之后
若一朵玫瑰。从大地的唇边
缓缓升起衰草、落英、一果深红

湖如明眸。静观秋鸿、苇雪纷纷、风吹草动
所有的开放。都浸透了忧伤、悒郁、感动
像濡染开来的深蓝

而原野的明朗。安若浮雕
稻子谦卑。头儿低垂，身体与内心
却高昂着一种金属的光泽、质地

镰刀。挥洒着稻子，众多苦难而凝重的记忆
如血如雨。它的光芒，朴素而温暖
它娴熟的动作。将秋天这幅油画与意义
收割得如此富有哲学

一种枯或荣。伸展在风烟俱净的心境里

一阵音乐。随风，开始或结束

即使。来者未来，去者未去

阳光。也始终散发着一种宗教的严谨、温存

一粒都不能少

自从父亲和母亲
像一粒麦一粒血一样
被装进了粮仓
镰刀。便被挂在了墙上
面壁思过往

镰刀锈迹斑斑的时候
月光。就会将它取下来，磨亮了再挂上
因此。镰刀一直都坚信，有一种血脉
从来都不会荒芜

麦苗柔软发达的根系、锋芒
那是农人对大地取之不尽用之不竭的唠叨

父亲和母亲的子孙
大多数都住进了城里
但还有一些，仍守望在理想的田埂上

一粒麦的香甜，正饱满辽阔地灌浆
他们。用现代农耕文明
与古老农耕文明展开了一场接力赛

镰刀缜密的心思。收割机最懂
纵横驰骋的激战。收割机当仁不让
旮旯地角的细节。就交给镰刀吧————

我们的土地，多么温存
我们的孩子，多么善良
将丰收与喜悦颗粒归仓
一粒都不能少

西葫芦

三千亩稻香。刚被装进了粮仓
或被盛在了餐桌的味蕾上
一粒叫西葫芦或三月瓜的瓜香
便种在了永丰村百姓广袤的心田上

一个个瓜宝宝。刚从朝露的手中出浴
多像正在生长发育的青少年
通体饱满光滑、脆嫩甜美
它们。正被一位位母亲的笑容悉心采摘
轻轻放进一筐筐丰收里

这一筐筐丰收
富含钙、钾、碳水化合物、维生素 C

分类、包装、贴标、装箱、装车
一个个小精灵。还将带上一颗初心
坐上飞驰的快车

为陕西、甘肃、青海等地的友邻补充营养

将一座村庄的现代健康生活理念
深情地传达

东坡泡菜

东坡喜欢在水里泡诗
也喜欢在水里泡菜

东坡，在陶罐、或瓦缸里
加入六分水、一分盐、两分辣椒
花椒、菜头、豇豆、萝卜
仔姜、白菜、木耳
二两砂糖、三两曲酒、一杯月亮
一坛爱

东坡泡菜，喜欢用味说话
酸、辣、甜、咸、麻
这些山的味道、水的味道
风的味道、阳光的味道
五谷的味道
被时光浸泡、腌制、发酵
和故土、乡亲

以及东坡的情感、信念
汇成了眉山的味道
中国的味道、人情的味道
家的味道、记忆的味道

这些味道
和东坡的诗词一样
一千年了
还在中国的舌尖品味
在中国的内心回味

而东坡，是这些味道中
最爽脆的一部分

五桂村

廖家场垭口。一缕从广东梅县跋山涉水
迁徙而来的客家风。将一粒忠家爱国的种子
扎根在了这片风水宝地
一座小小城池。从此开枝散叶，薪火繁茂

雷打坟、中梁子。无疑是这座城池
徐徐打开的两扇城门
把守着龙泉山脉的生态绵延、辽阔

李茂昭的一豆相思。这么多年过去了
依然像林溪谷的流水
甘醇于清欢小院、鸟语花鸣

一口樱桃小嘴。是乡村枝头泼墨的诗意
它红宝石的理想，从荆棘小路到康庄大道
一盏盏俯身照耀的小橘灯
掌给夜归人，也掌给明天的生活

康养的孔雀、马，以及婚纱、大风车
闻风而至。还有那令人垂涎欲滴的杏和葡萄
它们酸酸甜甜的幸福。才刚刚发酵、启程

阴平村

荡过一条狭长的铁索桥
就是阴平村了

阴平古道的气息。宽阔明亮，阡陌古今
远去了刀光剑影
柴扉深处的安宁。是三两声犬吠鸡鸣
笑迎南来北往的客人

吊脚楼。褚红了川北民居的记忆
一架水车。默默踩动着一座村庄的烟火味

自家的小院。俨然一个水果王国
农人背上小背篼，爬上梯子
石榴、脆红李、土李、雪梨、青梨……
一个个活蹦乱跳、水灵灵的孩子
甜得不忍采摘

再往前走一步。就是唐家河了
如水游人。在溪涧，回到童年，嬉戏童年

在这里。第一次品饮桑果干茶
它可以补肝益肾、生津润燥
还可以使我的诗心，更加饱满年轻

幸福。把阴平捧在掌心
我。把阴平珍藏在诗里

不知火

不知火。它是丹棱人，最亲切的
丑娃。因它丑得太甜、太火、太可爱
果农。把它当作亲生儿女来养
爱食者。把它当作生命源品

不知火。喜欢北纬 30 度，川西坝子
温润性气候。花果同树
是不知火，献给春天的奇观
花香果甜。是不知火
烹调给世人，绝无仅有的春天的味道

与丑娃打交道。不需太拘泥
颈短、脸糙、自然大方。是它最基本的特征
在众多的柑群中。无需多看，一眼
就可以认出它，泥土的气息

丑娃。无核，爽口无渣，甘之如饴

生于熟于大雅之乡。岷江以西
青衣江以东、总岗山脉南麓

不知火也有爱情。每逢三四月
就有不同国籍的人，从五湖四海赶来
在这个曾经被爱情遗忘的角落
在田野、村落，摘取它的芳心

万沟白茶

白茶。这个姓氏，在我和很多人的味觉里
留着一口空白

撩开清明的门帘。白茶
就站在门帘的后面
对于我的突然造访。她安静得
像一叶立在水中的茶
露出的小脸
不带一丝的娇气、神秘

一座深山里。一片梯田像一本书
每一页，都被朝露杀青过
春风一打开。一缕香
像我悬挂祠堂的家谱。那么醇，那么厚
摘，是摘不下来的

她占据中国茶的一枝半叶

不是来自她的身体

来自她是我路过的一段

光明

岐山米枣

岐山村的将军庙。废墟上生出一米稻田
岐山村的一粒粒米枣。她们
土生土长的香甜爽脆。像一粒粒太阳
从簸箕岩出发,抵达山外的世界

她们的童年。已经二百多年了
依旧荡漾着微笑,喜迎远方的客人
她们,喜欢站在山腰、山岗
俯瞰山下的幸福、美满

她们。像一粒粒待嫁的村姑
积蓄着二百多年的理想、心愿
争先恐后在八月成熟
一滴滴乳头,咀嚼着生活的蜜

她们的性格。野得不给其他枣子
淳朴的机会。她们,在深山

甜得不蔓不枝，不卑不亢
簸箕岩，是她们不离不弃的家园

不管你是布衣还是官绅，不管你从哪里来
采摘岐山米枣。需要捧出一生的爱

悦园村红阳猕猴桃

切开一颗。一颗太阳，就从四面八方
扑了过来。切开一千颗，一万颗
整个世界的太阳，都涌了过来

群群白鹭，眼疾手快。它们
好像比人更懂营养、健康
先于果农一步，把这"维 C 之王"
送入嘴里。嫩滑肌肤，排毒养颜

登上一望无际的山顶
往下看。一颗入心、两颗安魂
三、六、九颗，悦园亦月圆

从山里的一种野果到人间餐桌仙果
源于英国植物学家大卫的一次邂逅
传奇，演绎为天地之爱

红阳猕猴桃。悦园村的笑容
从开花到结果，从贫瘠到灿烂

观音美人指

每年夏天。彭山的甜
都是由一粒美人指开启的

她一落地就会甜出一条大道
浩浩荡荡，一望无际
甜得，不给兄弟姐妹留一点
喘息的余地。岷江划动着她的美
漫过了川西平原

美人指。必须用观音之手
轻手轻脚爱。给她一个个洗澡
看着自己水灵灵的样子
她会像一滴水，或一只蝴蝶，一朵玫瑰
一粒阳光。低低地飞
或像一种爱情。低低地说出肺腑之言

她喜欢把彭山人清清淡淡的生活

甜得白里透红，红里透紫，长寿百年
这和她的肌肤，多么惊人的一致

从浪花到茶花的怒放

5 岁。是一个痛点

一次调皮。开水，烫伤了你的胸口

一场车祸。夺走了你的右腿

一朵山花。却未因幼小与不幸而夭折

9 岁。是一个支点

独脚跳上瓦屋山顶峰

一览杜鹃花一望无际的怒放之美

心底升腾起一腔怒放之涟漪

11 岁。是一个赛点

一条断尾的鱼。向着梦想的正前方

行云流水，千回百转

16 岁。是一个燃点

全国残疾人游泳锦标赛亚军

四川省残疾人运动会游泳冠军⋯⋯

浪花。是你最敬畏的陪练，最亲密的队友

一首最为快乐铿锵的运动之歌

一首最能旖旎苦难的抒情之诗

27岁。是一个新起点

七八十岁的茶树爷爷，百亩生态茶田

葱茏于白云生处，藏香于次高山

柴火手工炒老川茶。爷爷和父亲心手相传

200度的高温。也曾让你细嫩之手，惊叫着缩了回来

金鸡独立数小时、一身淋漓大汗、双手翻成铁砂掌

一方锅台。父老乡亲奔向小康的起点

你人生的另一个赛台

新时代梦想的又一次扬帆

种茶、采茶、杀青、揉捻、搓毫、提香

背茶、卖茶、品茶……潺潺如诗的生活场景

鲜活着你的青春，幸福着你的模样

故乡的坡坡坎坎。生物多样化，生命多精彩

秉性如茶，灵性生香

八面山的甘泉、飞瀑、茶畦、杉林、父母

是你蓬勃生长的土壤与营养

琳琅满目的奖牌。从山外游泳到山里

荣誉着你的艰辛，信心着你的未来

祖国啊，最知心的亲人。用另一种爱
为你滋生起另一支健全的腿桨
划动着你拼搏的勇气、激流的力量

天空再寂寥。一只山鹰单翅的飞翔从未寂寥
山路再泥泞。我对一叶茶的幽香探寻从未泥泞

我们念兹在兹的龚瑶啊
一条腿。在一江苦涩中游弋
人生坎坷，豁然春风十里

从浪花到茶花一路怒放的龚瑶啊
一叶慧眼。在一山茶海里游弋
天地之间，芬芳滴滴苏醒……

沈家垭

一粒种子。要经过多遥远的跋山涉水

才能觅得一方净土落户

在贫瘠的石缝间发芽、成长，滋生理想

在肥沃的乡音里茁壮、繁衍

被岁月之手劳作为一方茶田

千百年来。这群清欢滴露的小家碧玉

这片浓淡相宜的芳香

就这样以蛰伏的姿势。层层叠叠

坡坡坎坎隐居于深山吊脚楼

像一位世外茶仙

被另一首诗寻访，并用深情依依这组密码

一叶一叶地解开

一叶茶。杵着一根打杵子

背着一位茶夫。在古道上攀登

在时光的风雨中，叩下一个足痕

在取水凼，饮成一泓笑靥
在岩石上歇气，歇成一个窝窝头、一颗心

那是人生怎样的一个支点啊
托起了旅程中多少颗日月和星辰
才能抵达珠穆朗玛

一条石渡槽。饮用山间渗泉
滋养这茶叶与这山茶人。它的爱，由南向北

川藏茶马古道。驼铃声由远及近
我的追逐和朝圣。在三峨山土地垭遗址
由近及远

他应该有一个姓氏，一个装订在我们记忆深处的名字——
沈家垭

独芽

世上最好的茶
她生活在海拔 800 米至 1200 米的次高山
有着次高山的涵养与气质
她必须是一叶独芽。还来不及芳华
就亭亭玉立于世间

像一只醒在水杯中央的慧眼
发现和洞察于天地之间
隽永于世俗的杯底与杯面

在总岗山脉的最高峰磨儿顶
有缘与一叶独芽相遇
只因我五十年如一日，一步一梯从未停下的探访
只因我有着她一样的孤独禀性

高山高水。茶泉、茶湖作伴
冷杉、香杉森林。忠诚的守护

茶风亭。阴晴着冷暖

二月采茶发新芽
手提篮儿上山垭
口唱山歌快快采
筐筐嫩茶献回家……

一叶刚出生的婴儿
一座生命最鲜嫩挺拔的尖峰

今夜。我也是一叶独芽啊
与她同枕月色，共饮朝露，一起甘苦
春天的味蕾

采茶人

星星。为他们打着电筒
月亮。为他们牵手黎明
有了星星月亮的帮忙。他们采茶的力度更轻
下手更准、心地更细、心情更甜

他们。都是方圆百里的百姓
其中很多人。从小就视茶为亲人
为油盐酱醋的生计

他们。着自家的衣服
低头采茶、抬头望天。从来都不曾想过
像别的茶山，清一色的曼妙采茶女
那样秀过。他们最擅长的秀，是
谁采的速度快、谁采的干净、谁采的质量好
谁在烈日和月光下的笑容，最爽朗

日出与日落之间

一个个看似毫不起眼、动作一点也不整齐的舞者

却行云流水在三百多盏茶壶山

那朵惊艳于我眼帘

在悬崖上两手翻飞的八十五岁的茶花

多像一株茶树的前世

从青葱少年，到耄耋老人

不分男女，只分手上的功夫，以及茶叶对茶人的眷恋

一叠日清日结的钞票。拭干每个人满脸的汗水

营养着每个人内心的渴望

甜蜜生活的茶。还得须自己亲手采摘

新店清见

在新店。我对果实,或者秋天
对丰收的陶醉、垂涎、敬仰
第一次被彻底颠覆。

隐清见,这位居在山涧里的村姑,东桥村秀才徐文科
最宠爱的女儿。以她出嫁,或者
分娩的方式,让春天手忙脚乱
一边开花,一边采摘果实

马鞍山是她的轿夫,九道拐是她的媒人
凤凰头是她的头饰,清见泉
是她的乳汁和泪腺。她神秘的面纱
被幸福得不知所措的新店,诚惶诚恐的揭开
清见,清明相见。

我,愿做你让春天手忙脚乱,让秋天
低下高贵头颅的,最忠实的邮差

东坡蔺草

像东坡的狂草
蔺草性热。和七月比冷艳
和镰刀比腰肢、比锋利、比耐力

镰刀匍匐下去
蔺草就站了起来
像悬在东坡手中的狼毫
慈母手中的灯芯

蔺草生性倔强善良
唯有东坡的诗词
与东坡人的泥土气息
方能使它的清凉更为芳香柔软

大地是一张童年的蔺席

蔺草背着蔺草人一路远行
蔺草人躺在童年数星星

春台山青花椒

这川北丘陵起伏的一方高台
左面的一角。是我家的六厘坡地
我曾在这里种过花生、小麦
收割过童年、少年

离家三十多年了。春台山
这个春风一样喂绿过我苦难的名字
有着和我一样的身世
却在一夜之间。蝶变为
现代农业青花椒产业示范园

使得我的惊喜。像观景台上
那如雨倾盆的椒香
我的愧疚，不用撑伞
我的热爱。依旧是如雨椒香里
那粒粒晶莹饱满的绿宝石

品尝胥家坝这一粒青涩的故乡
得常常咀嚼幸福的六味
采摘这一粒麻醒灵魂的爱
得饱经生命的沧桑、击捣

一望无垠的椒田。在群山之间
绵延成一幅画卷。而此时
我就是那位画卷中的青衣
匍匐在这人世间

莲藕之恋

错过了夏天。那绵延十里的无主到处开
也错过了重重青盖下的千娇照水，红红白白
只能想象着。在对对蜻蜓、翻空白鸟
的亲昵下，一朵朵红蕖
欢快地香，自由自在地梦和娇羞

我来的时候。零乱的枯
远离尘埃，盛满岁月的余烬
挺拔的枝干，守护着淤泥下的橙黄橘绿

莲蓬依稀。她的不亢不卑
伸向天空。等待有缘人，
将她采摘、欣赏，入心、入肺
入生命的药引

藕。是此时最光鲜的主角
她的处女身，洁净、窈窕、修长

在蛰伏了一整个夏天之后
被藕人，小心翼翼地从时间的深处拔出
脆甜
是她们水灵灵的眼睛

藕人。是藕最朴质的亲人
他们的理想，是为每一个孩子洗净杂念
洗净隐藏得太久的铅华
他们，心中唱着一首不老的田园牧歌

一艘美味之舟。驶进城市、乡村
烹调繁华或静寂的风雨、舌尖

甘家沟椪柑园

果大、色香、皮薄、汁多、味甜
是甘家沟椪柑的特征。沟沟坎坎的心酸
被一种金色填满

在农居面前。一棵棵树
纷纷捧出了金灿灿的话，动听得腻人
老农们。用背篼，背回一串串丰收
用箩筐，挑回一担担汗水
从贫穷到富裕，其实就一步的距离
却迟来了许多年

快乐。以及幸福，沉甸甸的
被一只只飞鸟衔起
说给天空听。天空，蓝蓝的
清澈得像流水

一棵古老的黄桷树。站立了千年

细数一座村庄的前世今生
一个故事，就足够让飞奔的车辆
停下步伐。让纷繁的思绪
一瞬间安静下来

大自然。在甘家沟，种果实、美景
我。在这里，种诗

朝着明天的方向。凝望
一园的甜蜜，欢呼着，张开了翅膀

二荆条

二荆条。是西充独有的村姑

欣长、饱满、健美、光鲜、水灵

富含维生素 C、蛋白质、胡萝卜素

以及故园人的品质、秉性

多少年了。依然脚踏一方土壤、气候、发源地

红得如霞、如血

香得入心、入骨、入胃

采摘二荆条。是最刺激的事情

即使辣得手像火在烧，眼泪如椒粒在流

椒尖那"J"形的弯钩。像一个梦

牵引着我的童年，憧憬着我的未来

母亲。用青色的二荆条

把苦涩清贫的日子，炒成美味佳肴

将红色的二荆条，放在大木盆里

铡细，制成豆瓣。盛在一个玻璃罐头里

那是我一个星期的佐料，可口着读书生涯
或晒成干椒，换回我的学费
或将干椒，捣成辣椒粉，在沸腾的菜籽油里
制成红油，和一碗酸菜面相亲

如今的二荆条啊。中国国家地理标志产品
被腌渍在记忆的风风雨雨里。像杂质的乡音
需要我们一生的热爱、提纯

苕国

在中国，以苕称国的，唯有西充

一是口音，与周边迥异，音奇重，多古语方言
被外人笑之"苕"二是旧时贫穷，一年四季，以苕为主食生活

小时候，一碗红苕酸菜稀饭
滋养着我，米一分，苞谷面三分
酸菜两分，红苕四分，一碗美食，在灶膛里，滚烫
在我求知的路上，快乐奔跑

留下窖藏的部分
母亲把红苕洗净，切成大小一致的条块
在垫子、簸箕里，晒成苕干，放在柜子里
待到二三月青黄不接时
才敢拿出来，为生活充饥
为我们的人生多几分咀嚼、韧性

或把洗净了的红苕，一一捣碎

制成苕粉，或凉粉
那是一家人过年的节奏，爽滑、劲道
直达幸福的高处

最让人垂涎的，还是红心苕
它红得质朴、真诚，像新娘子的脸蛋
或蒸，或煮，都甜得伤心

红苕和一座城池，以及它的子民
有着过命的交情
如同没有西充的红苕
哪来名冠天下的川北凉粉
没有纪信的忠义，哪来刘邦的大汉

这么多年，这颗红苕，一直根植在
我来回的路上
它的肉和叶，根和茎，枯与荣
是我舌尖上反哺的一道珍馐
一个词、一本书、一个时代的符号

苕国非耻，苕国依然
吃在嘴里的，是童年
流淌在心灵里的
是温暖、香甜，是记忆、血脉

吊庆，在案头种樱桃

种在地上

樱桃就回到树上

种在水上

樱桃就回到溪流

种在时间上

樱桃就回到苏轼酒醒前

种在药典上

樱桃就回到李时珍的《本草纲目》

种在脸上

樱桃就回到村姑的心花中

五桂还想将樱桃种在太阳和月亮上

那样，故乡时刻都甜在头顶

不过，五桂还是将樱桃

种在了五桂和樱桃的

骨头里

五桂樱桃，就像那红月光

这些玛瑙。开在五桂的枝头上

只要春风登门来拜访

这一粒粒红彤彤的甜

就会张开翅膀

在黎明，在黑夜

在大地，在天空，在春天的沟沟坎坎

在五桂的心尖

或高，或低地

飞翔

樱桃打开五桂

就打开了四月

日子幸福得像风

辽阔的情，在时光里排序

樱桃红，暖暖地站在龙泉山脉上

令一场倒春寒，低下了头

樱桃，是五桂水灵灵的词
她眷恋人间，把爱植入土壤
让爱，在春雨中入口
在风雨里回味

樱桃，像火红的月光
住在五桂的心坎上

张坝桂圆

一误再误桂圆承诺

我是一夜喜雨一把如泣如诉的琴

我来了桂圆林就退烧了

像一只穿着一片森林的水乳

可我这次还是起得太早了

一粒粒桂圆

像一个个小小的颤着露珠的闺秀

美得让人痛哭欣喜

她们喜欢集体盘坐朗朗而读

每一棵古树都是课堂

每一片叶子每一声天籁都是文字

每一滴溪水都是掌声

沉醉书声的桂圆林告诉我

在她们对镜贴花黄的时候来

捉摸透她们心事的时候来
张家父母应承以诗为媒的时候来

一误再误桂圆承诺
可我这次还是真的太心急了
她们每年都要出嫁一次
是不是每次我们都要柳暗花明

块菌

块菌，野性。喜欢海拔高一点的砂岩

玄武岩、石灰岩

喜欢啜饮溪流

并和一朵有爱、有热血的花，作伴

喜欢温顺的块菌犬，嗅出自己美味的样子

块菌，喜欢火锅

像喜欢一座城市笑容的灿烂

喜欢文火，慢炖

喜欢与一桌知音，斟满一杯酒

一起品鉴攀枝花的气质

和块菌一见钟情

是在仁和区

一家叫一村三社的饭店

我们，重新回到了一座城市的源头

一起清爽、脆嫩、可口、鲜香，汤色清澈

入口，就像一件尘封多年的往事
荡漾开来

无须着急赶路
自然之美
在独特气候、环境生态、心灵甘泉
美味，滋养人味
块菌，是攀枝花细腻的风情
我久违了的心境

兔公馆

舞雩

是一种为了风调雨顺的祈祷

更是一方生命绽放的舞台

它把这一期望与绝技交到罗凤英的手里

一位返乡农民工激活一池春水

一位归雁引领上千只归雁

舞动中国肉兔产业的峥嵘岁月

吸纳建档立卡贫困户上班

创建优秀农民工创业基地

制定农村家庭能人培养计划

培训新型职业农民……

每一颗心思。都是乡音的颤动

每一步。都是乡情的盛开

兔公馆

幽居在一个小山坳中

肉兔、柑橘、稻田。从田间到餐桌的循环理想
在这里孕育、萌芽、开花、结果

兔子们居住在二十一栋
智能化车间、二十多万个笼家
它们每天吸吮着花生杆、黄豆杆
苜蓿的露水，舞零人的精心
每年都有二百万只白里透红的兔子
从这里出栏，美味中国、海内外

金楠山谷

三十万株金丝楠木。或夹道迎客
或在山头卯足了劲生长
腰间都别着一把打开财富之门的
金钥匙

一叶叶青钱柳。在茶农的手中
采摘，在一杯水里神奇
为这个世界降血糖
黄精、白芨。也不甘落后

百万只萤火虫。在林间、草丛里露营
多像大自然眨着眼睛的星星
与研学的童年、少年，捉迷藏

梯田或缓坡田。康养的稻米
菜畦、爬沙虫。这一个个土著
呈一杯原浆酒

敬献民宿的旅居人

最是那深谷里逍遥自乐的金楠湖
水疗着多少现代鱼人的健美

幸福流年

一节退出历史舞台的绿皮火车
它的晚年。安居在一亩名叫幸福的田园

它邀我至田家。锄禾、种菜、摘豆、采莲
约我沉浸在一节回忆的荣光中
品茶、品咖啡、品美食、品慢时光
说到动情之处。历史的车轮
就再次转动起来，将我们载回从前

要不是曲径通幽的庭院。那簇簇
稻香、花香、书香、菜香。将我们清脆拍醒
沉睡在呜呜催眠曲里的我们
竟然忘却了尘埃。不知今夕是何年

城市。很近，也很远
来来往往的人。都像一碗糯米酒
漫步在老地方的桥墩、流水、草坪、篱笆间

幸福的主题。每天，都在民宿与酒吧

倾情上演。在这里戏蝶留连，走失了的青春年少

唱着《小芳》，一一打卡归来

蔷薇梯田

山高。沟深。坡陡。土薄
乱石堆里。手是挖掘机，肩是千斤顶
土是粮黄金，心是聚宝盆

岁月勤劳，天不辜负
层层梯田。倚龙门山脉
起伏芬芳。从粮浪到花浪
一眼眼欲望。栖息在一滴花语上
将一座村庄的审美
甜蜜升华

在清远楼。倚栏，饮一杯山川
蔷薇花。宝山村或含蓄或狂野的主人
在田埂，在路旁，在篱笆墙
一路春歌，向我奔来

她身姿曼妙，肤色明媚

或如火，或素练，或粉彩，或橙黄
如古典少女的衣袂、广袖、腰间的缎带
被宝山的手。盈握、轻抚
被我的惊鸿一瞥。啜饮、咀嚼、药引——

一朵汗水，一梯智慧
一篱心思，一袭爱情

姜山

川南腹地。浅丘蜿蜒起伏的红紫泥土上
麻柳姜、姜黄。是九井的两座姜山

它们。或在麻柳村的蜂窝里生长
在科学技术的飞驰中、呵护下
最终打破传统姜六月才上市的瓶颈
大大方方扑入新春的味蕾

它们。或成为佳沟村秋天地道的村医
用道地的活血行气、通经止痛功效
药食同源着故土对美好生活的向往

它们。或像一位冰清玉洁的圣女
从《本草纲目》里走来
伸出一个个孩童的手指
在岁月的舌尖细嫩、脆甜、辛辣

它们。或在姜农们的手心里

乖乖巧巧地画着同心圆

清溪茉莉花

茉莉花。灌引、踏水、沉犀村村民
以灌木丛的友邻方式
在岷江、马边河冲击形成的平坝、台地
群居、繁衍、相亲相爱
三月下地。成长，不需化肥、农药
八月采花。心情，需要含苞待放

一首歌。从江南举家乔迁
酥软在一朵花里，一杯含花的水里
一捧生花的土里
茶山。升起的爱，比爱情更动心
哪一个词。才是女诗人刘云溪的怡润飘雪
被智能机器人的巧手采摘

花香。就是一条悠长的水路
顺着田网、路网、渠网的脉络
指引我灵魂俯身的方向

经过窨花、提花、炒花等诸多工序
我被氤氲成一朵茉莉

伏香雪蕊、茉莉红茶、天然精油、化妆品
酒品、食品、盆栽……茉莉花，在何时上船
清溪知道。它知道李白，喜欢李白的人
他们，要背负着这一溪月光

敬给这热爱辽阔行走的世界
和夜，一起回故乡

雨露初灵，麦苗初青

冰雪流泪。犁铧像月光
犁着月光。像闪电，犁着闪电
鸡声像鸟鸣。翅膀高于天空

低于泥土。泥花赤着脚
在雨垄间飞奔着香。河水
扭动着腰肢。鸭子扭动着河水
天空迎着嫩叶。微闭着眼
张开了唇彩

油菜花。追赶着蜜蜂
风。追赶着风筝
风筝。追赶着风中的人

雨露初灵。麦苗初青
世间万物。皆为赶路的星辰

第二辑

山水田园·捧一串清澈的鸟鸣洗脸

早安，柳江

接一杯清脆的花香，漱口
捧一串清澈的鸟鸣，洗脸
吊脚楼从早晨的梦呓中醒来
早晨为我盛来一碗柳江的清新温暖

千百年来。古老的榕树和枫杨
在这里安居、乐业、繁衍
榕叶的诗情。轻拍水面
嫩绿的花溪水
像刚刚醒来的婴儿

清洁工大姐。将洁净的微笑
一叶叶地，扫进晨曦里
曾家大院的阳光不锈，长寿不惊

上学的花儿。手持一粒水语
上善若水的流向

梅湾湖

正值深秋。梅湾湖
所有的语言，从天空滴下来
天空是一把伞。精心呵护着
一湖的风风雨雨

梅湾湖。离梅的初衷有些远
她种十里桃红、橙黄
梅的风骨，隐于内心
怒放于一壶的山水田园

水。是一位隐者、画家
以丰收谋篇，以滋养布局
我是梅湾湖，以及巴山蜀水里的一叶舟
漂流在烟波之上。用骨节
钓一曲天籁

我听见，芦苇夹道迎客的欢呼声

我听见，桃红橙黄如痴如醉的沥沥声

我听见，时光如风的沙沙声

我听见，野生鱼浪花里飞歌的扑扑声

我听见，燕子双双啄春泥的呢喃声

我听见，游人豁然开朗的幸福声

一曲天籁的合唱中。梅湾湖

宽大的衣袖里，藏着纸、笔、墨

以及声音的手。为我备好一山的清风

一水的美酒

一曲的魂魄

黄金峡

总岗山麓下。一位道士
点石成金，成一帘一线天的峡谷
张献忠兵败。沉银于江口，藏黄金于峡
两个传说。不分伯仲

多次。我想挖出一块黄金，解开一个秘密
黄金终不露面，为了收藏一座宝藏
甘守寂寞、清贫，于地下

一条湖的抒情。六沟、十二叉、二十四道拐
千回百转。在湖面上神游，在湖底迷失

瑞雪，雾花。四季不湿衣，却喜抚琴
从峰腰，轻弹一位隐者的心声
白云似游客，朵朵岩缝行，附耳聆听
忘了回家的路，忘了天从洞中出

望鱼石。时间贡品，人间珍稀
流峡鱼。从一端，徒步到另一端
日子。从天际线，筛漏进一方绝境
如黄金

黄金峡。我是你的苦旅、知音
你隐，我来。我对你的造访
轻如虫鸣。我对你的赞美，薄如轻纱
一径风景，崎岖陡峭，如影相随

我隐。隐入你无底的辽阔
你还不是一叶草木人间，一溪幽谷潭鸣

一条暗河。该是岁月怎样水滴石穿的沉寂、洗涤

无须打开那门安详守护的过往
我喊一声。你就喜极而泣，泪眼纷纷

东坡湿地公园

所有的人和事物都忙碌着。像风和雨

只有阳光，在自己的世界里
安静地坐着。像东坡湿地公园这本书里的
一杯茶、一株植物、一碟美食、一粒文字
一位殷实的主人、两座鹭岛

鹭岛住在水上。白鹭也住在水上
鹭岛是东坡湿地公园的肺
绿树上栖息的白鹭，是阳光抑扬顿挫的呼吸

两座鹭岛。一左一右
就像远景楼伸出的两只小脚丫
把水，养得清清白白

客人来的时候
阳光就会起身，为客人斟满一杯

诗意，或温暖

阳光的家。是如锦的水，如水的岁月
如鱼的游人

阳光里生长的故事。生长的美
像一行白鹭

平羌小三峡

犁头峡。洒下点点鱼鳞
耕耘李白从成都顺流而下的一支歌

海通法师。凿完了一个佛头
一凿子飞去，削掉了石鸡公见钱眼开的冠子

竹篱茅舍、石径菜畦。一口
大自然雕琢的石棺。在岸边垂钓生与死

一只小木船。停泊着破旧的光阴
目光所到之处。每一个人都好像李白、苏东坡

杜甫来时。月光已经落幕
茅屋秋风正起，国破，山河犹在

从唐皎洁到宋。从李白皎洁到苏东坡
一轮月。从未停下过诗与酒

岁月千回百转。一只江团
躺在一弯月的怀抱。品鉴一首诗的美味

在平羌小三峡。我是李白孤独的一句诗
谁是诗中的半轮秋月、一江流水

黑龙滩

一条龙。游泳到这里，就不走了
她的面容。被黑龙滩一杯泡舒展了的绿茶
洗成了碧波绿、天空蓝。风儿
轻轻地咬住黑龙滩的耳朵

慢慢将这个水乡女子
从岷山一路欢歌而来的风情女子
很小心地放进月色中、阳光里
蓝天、白云、泥土、民俗、歌谣、炊烟
种植出她绿色的遐思、柔情。漫无边际
水葫芦、菖蒲、不知名的水草
纷纷长出了声音

她的宿命。远比我清澈，悠久
所有的岛屿，流水。都是她的支脉、骨骼
我的命运。只不过是滩流里的一条鱼
手捧生命中的粮食。我曾溯流而上

想找到自己的今生前世
小木船。划过两岸村庄
以及麦香的味道

流水的盈涨。就是丰收的晴雨表
流水。常常在一些追梦者的体内冲刷
洗去他们污染田园的妄想
滋养他们干净的血液

佛，接踵而至。安居、静养、修炼
在岛上种植上善若水、心灵牧场
佛的微笑。荡起白鹭、水鸟
朴素的生活，殷实的酒窝

文同。在这里栽竹，写诗
把每一个字扣在了肉里
今日泼一盆水。就能看见当年
成竹在胸的胎记
黑龙滩的魂魄与精神

40 米深处，133 位水葬的英灵
早已羽化为舟。85 盏渔火、少年
相拥成圆，庇护。临水而居的灯光
是她灵动的文字、眼睛

每一缕目光都是缅怀

黑龙滩。一枚流动的山水书签、少女情怀
我的诗句。在这里春播、夏长、秋收、冬藏

那树、那花、那草、那鸟、那人
纷纷慕名而来。只为了争做
茫茫水域之上，安静生长的盆景

响水六坊

来响水坊游玩的人，很少远客
大多数是土著的农民，失地农民
上楼的农民

他们像蜜蜂一样，呼朋唤友的扑向这里
采花，采小桥流水，采悠闲，采生活的蜜
把欢笑，像粪一样泼在庄稼上
把幸福，像大米玉米一样码在草地上
小河边

花朵，草地，庄稼
这些蓬勃的植物，在春天纷纷抬头
鱼儿争相探出脑袋，晒太阳
枝头的报春鸟
像噼里啪啦的鞭炮

这些土著的农民，失地农民，上楼的农民

昨天还在侍弄庄稼，花草，树木

像侍弄孩子，爹娘

他们是天府农耕的主人

他们终于也能跟城里人一样

走到哪里都像一朵花

像春天刚刚冒出的新芽

今天是正月初一

他们是响水六坊迎来的第一批客人

二峨山

二峨山是不是峨眉山的妹妹并不重要
她习惯了做一生的村姑，山寨夫人
以树为屋，以草为床，以果为食
以丰收为丰腴

二峨山土而不匪。从不杀戮，抢夺
喜欢开疆辟土，辛勤劳作
每一棵红豆杉，柏树，枇杷，
每一朵桃花，梨花，油菜花
都是她殷实的孩子
出征的勇士

我的景仰像二峨山迟到的春天
繁花的世界已经不足以让她下山
出入江湖
她就是一片花海，一朵花魁
一个王国

被城市这座江湖虎视眈眈

二峨山像一朵莲花
二峨山人向上托起的手掌
二峨山隧道像一条脐带，或暗河
二峨山人的幸福，从 213 国道的心底
奔涌而过

碧山秘境

马儿山下，黄水凼九龙沟。两条溪流
像唐诗宋词。从山涧，垂下来
在碧山秘境的心田之上住下来

碧山秘境。与苏东坡初恋的地方
仅一节竹筒饭的距离，与苏东坡的竹诗
呼应成行。竹林深处，竹栅栏
牵手鸟语、花鸣、草歌、奇木之韵
每一根竹。都是这里修行的主人

云水之间。如一尾乡野冷水之鱼
乘一竹筏，划动辗转千年的爱。于梦里
于烟波，于江枫渔火，于琴瑟之中
寒霜不解春语，朝暮婵娟

竹屋，茶语。漫卷疏帘，携一首风铃雨弦静坐
和一群布衣、汉服、宋衫、旗袍，品茗

起舞弄月影，解万顷清愁

水墨，岂止一幅画。那是秘境的一席美食
一坛美酒。等君，从红尘中来
吹一箫深情，拨一曲小令，醉一屏风月
归清流中去

而时光，像一只蝴蝶。栖落于
沟沟坎坎的童话世界。点点流萤
送黑夜，一个小小的惊讶
送爱，一腔从未品尝过的甜蜜
还童年，一双美丽的眼睛

鲁家滩

风。在草坪席地而坐
或与童年。一起奔跑在旷野
被风筝追赶

水。回到镜子
水杉。回到俊朗、挺拔
芦苇。回到诗绪纷飞
天空、云彩。回到衣襟、蜀锦
野鸭子。回到一幅丹青水墨
杂花生树。回到无忧无虑地野

漫漫绿道。回到乡村血液里最后的脐带

帐篷。寻着这条脐带的芬芳
在此露营,点燃炊烟,与明月把酒话桑麻
与枝头飞鸟。一起数星星

我。是一条回归的鱼
与一滩蛙声为邻，在一湖温情中静养
等待着。白鹭垂钓，时光返青

田园隐士

洪峰，是一种绝境。山之仙
水之灵。温和、柔美、清秀得我的溢美之词
流畅而缓慢，生怕亵渎这一声隐居的妙啊

八湾、十岛、青山、飞鸟、森林、游鱼
像垂钓者，于雪浪中，披蓑衣、戴斗笠、行小舟
垂钓一水的淡泊宁静、自然丰韵
心，是灵感的鱼竿

杨泗庙。是洪峰场一位水神的记忆
斑驳的老街，浸润于一个名字

西蟾寺。像一位长老，于清咸丰年间
在龙拖山入定。阳光，像佛语
一点点晒下来。正觉塔，是佛语的高处
我得绕塔三圈，转去污，转出善
转来世的天地缘

颜家祠。我得向颜回三叩首
他是孔子最得意的弟子，我最敬重的
一位先师、复圣公。巴蜀颜氏
因他而枝繁叶茂、凌云虚心
颜家坝崖墓群。在红砂石质峭壁上，落叶归根
无论时光怎样风霜雪雨，也风化不了它们

净土村。脆红李的羞涩，甘甜而饱满
胭脂桃的胭脂泪，褪去了感伤
出落大方，幸福得腻人。像一个
巨大的美人阵，稍不留神，就会迷魂

美满村。牡丹，开得不卑不亢
不紧不慢，不媚不俗。我的造访
源于她的药性：活血、清热、止痛、消炎
更重要的原因，在于她华贵的美
能使我脱俗超凡、延年益寿

洪峰。像一位隐士，品饮于田园中
我这就启程，与你青春作伴

青竹江

那些被震塌陷的风景
都一一回家了

青竹江。是我蜿蜒的向导
沿途给我讲或崎岖或清澈的故事

青山、青水、青川
是她朝夕相伴的亲人

青川地震博物馆
东河口地震遗址公园
是她最深的两个伤口，最苦涩的两滴眼泪

金子山。金子般的阳光
慰藉着一条江的离合悲欢
也慰藉着我迟到的恐惧与悲悯

时光。披上一件轻纱

我心如岚

潺潺在群山与青竹江之间

柴桑河

柴桑河。这个隐居民间的女子
如果不是天府新区把她请上舞台
我可能会一辈子与她错过
就像错过那些姗姗而过的知己，红颜

柴桑河。这个和桑一样质朴的名字
她有桑葚一样的甜蜜、饱满
桑叶一样的清澈
为此，我和柳街有了一次又一次的重逢

柴桑河流淌在视高的血液
居住在我的心底
视高把她以一滴爱送给远方的朋友
她就流淌到远方
我把她停留在舌尖
她就是一座正在滋生的故乡
我是一个幸福得无以言表的人

我像一个情窦初开的少年

我想请视高做媒

绝不辜负一条河流经年的坚守

榿木河

杜甫曾让它开口说话
苏轼曾让它吐露心中情怀和理想
榿木。这族崇州的特产
在远古挺拔、茂盛，人丁兴旺
如今。流放多年的它
已经回家

满眼的油菜、麦苗、豌豆花、胡豆花
纷纷抬头。致敬低头侍弄的庄稼人
他们虽然一身布衣。种植的却是
天下人的健康、营养、美味

榿木河的源头文井江。涛声正急
榿木河的腰身。细若麻柳
茂林修竹的绿道。或骑行鸟语花香
或漫步山泉的凡朴生活

117

铁溪古渡。载动一船过往
水杉林、芦苇荡。支撑着一条河的流向
稻香环线、五星村。食地与湿地
有机川西新林盘。乡贤在田园安居、爱恋

闲来一座院子。爬上一间树屋
鸟巢的故事。木栅栏的玫瑰花，带刺
却是亲历者，也是见证者

水草、白鹭、野鸭、鹅卵石……
正忙碌着给桤木河披上一件新衣
还有那勤劳朴实的挖掘机。也正忙着
为我干涸的冬麦田
疏导一河愿望

以确保我写给桤木河的这首诗
在来年春天，有个好收成

青龙湖

青龙湖。是我的邻居
它的乳汁，和宝马河一样清澈、香甜
从宝马河到青龙湖
只需一只小木船，一水小心情

母亲。一生都在水里默默劳作
常常牵着我的小手
去青龙湖走亲戚
她教会我，从小要学会感恩
从一滴水，到一座湖，一条河
都是滋养

青龙湖。是嘉陵江、涪江的脊骨
从一个毫不起眼的库塘，到一座国家湿地公园
全靠它的蕙质兰心
一直淳朴在乡村，被山丘拥抱的怜爱里

湾湾嘴嘴的风情。容易让人迷失
水鸟和波光，是最美的向导
岛丘，变换着四季的热情

青龙湖。喜欢安静，做一位隐者
严家祠。在水上讲学、育人

宝马河

宝马河。还是那么爱干净
着一件碎花青布衫
不善言谈。站在她面前，我看见
镜子中的自己，像被母亲的巧手
清洗了一番

说起童年。她终于打开了话闸
她说，你是水给浸泡大的
就像一朵浪花，调皮，欢乐，健壮

如今的童年。都去了很远的城市
你能回来看我
你的血液还没有冷
你的身上，还流淌着熟悉的稻香
父亲的味道

既然。我们的宿命

就是迁徙。那就让我们一起
从一条河，流向一条江
从一条江，流回一条河

顺流逆流，都是家园

双龙桥

绵延起伏的山丘。像一条条匍匐在
田野之上的苍龙。北山寺的书声远去
龙的精神，却以摩崖石刻的方式
刻在了一个姓氏的魂魄里

骑游，或漫步。像一杯茶
浸润在阳光、雨露、草木、樱桃花朵里

垂钓一缕炊烟。需要保持
一位游子，或土著，对一粒粮食的
坚守，和敬畏。玉米扬花
稻子抽穗。都是一个人的心灵

湿地、玫瑰花海、荷塘、桑葚、瓜果、野菜
在季风中生长、招展、成熟
也在小青瓦、白墙农家的味蕾里，香甜

一枝垂柳。就是一个幺妹
在青石板上、溪水里，洗衣服，写心事

农耕之桥，是一只小木船
将来来往往的觅情人。一个接一个
从彼岸，送到此岸

芳华起舞。八卦井，在一座高台上
滋养一座村庄自然的幸福密码

河长

河长比一条河长。他的腿是一双桨

他要把醴泉河、思蒙河、金马河、毛河
花溪河、安溪河、黑龙滩、槽渔滩、雅女湖、东坡湖……
这些融入生命中的血液
这些融入岷江、青衣江、沱江、长江的支流
都无拘无束地，诗意地划向大海

河长。他一生最幸福快乐的事情
就是和每一条河做知己知音
他每天最喜欢做的第一件事
就是卷起裤腿，和每一条河流促膝交谈

他要让那些已经被污染了的生命之水
都白白净净、清清澈澈地回到源头

河长：这个名字。朴实得如一滴水

一叶水草。清脆得如一只水鸟的鸣叫

"一条大河波浪宽
风吹稻花香两岸"……

河长悠悠流淌的歌声
让每一滴水。都能开出鲜花
让每一条河。都是人间的瑶池
让每一寸土地。都成为祖国的粮仓

让东坡故里每一个人的生活
都铺上盎然诗意的画卷

环卫工人

一辆辆洒水车。起得比太阳早
它喷出的水雾，多像仙女散花、孔雀开屏

一把把扫帚。扫残枝烂叶、春夏秋冬
扫风雪冰霜、烈日暴雨，也扫世俗浮尘
它将洁净的笑容，一叶叶地，扫进
黎明、黄昏、月亮、星星

一辆辆垃圾车。和垃圾一样沉默
它巨大的胃。包容着人间的五谷杂陈

一叶叶扁舟。划动着一湖水草、游鱼
一群野鸭、一岛白鹭、一桥夕照的感恩回馈
湿地公园的阳光不锈，波澜不惊

一朵朵黄玫瑰。卑微的身影
踏着晨曦、月色，漫步于城市与乡村

像悠长悠长的星光、蛙鸣

你们。用自己的梦，繁茂着天地的美
把露珠、草木、蓝天、白云、晨钟、鸟语、花鸣
把上苍、大地、一座城市的生命、文明……
一粒粒，一捧一捧地，种在心里

闲暇的时光。你们，就聚集在榕荫下
读苏东坡，苏东坡的苏堤春晓
读白居易，白居易的日出江花、春来江水
读杜甫，杜甫的西岭千秋雪、东吴万里船
也读你滴滴汗珠里，那一帧帧归来的心情、风景

您好！环卫工人
锦绣中国。是你们盛开的方向——

给大街小巷梳妆，给小桥流水洗肺
给布满尘埃的生活铺上盎然诗意的画卷
给每一座山每一条河一个清澈的名字

黑山一夜

黑山不黑
黑的是我从山外带来的黑眼圈

黑山很白
鸟鸣，蛙声，云雾，是白的
一阵阵响彻云天的歌声也是白的
纯净得让人窒息的空气也都是白的

山泉捧起我的脸
将一滴圣水弹在我的额头
把我从头到脚洗了一遍
像举行一场简单而庄严的入山仪式
此时。漫山遍野，牛羊，山鸡，吊脚楼，炊烟
黑山人的笑容。都站着
连匍匐在地的雅连也都一个个站了起来
慈祥得站成一条线

他们看了看渐渐清澈的我
便开始望天
望天是他们每天的必修课
他们是雨
天是他们的衣裳

今夜。我是纯净的，是黑山一夜的寨主
一切都是我的臣民

吊脚楼像我的心脏
兴奋得像一盏不眠的红灯笼
四周的鼾声像鸟语
寒气守护着一盆木炭
暖我到天明

美姑河

有一条河。发源于大凉山南麓
爱的潮水,以落差巨大的姿势,从 U 形淌至 V 形
从 4000 米向 400 米匍匐
从 400 米向 4000 米仰望、攀登

雨水和高山融雪。是爱不眠的路径

有一种光阴。叫瓦洛、瓦吉吉、坪头、柳洪
牛牛坝。那是一位美丽姑娘
口吐的莲花。牛羊和马,在低头反哺
鱼群在垂钓,索玛在湿地幸福

有一颗心。像一条河流
从一个大峡谷脱颖而出,或柔软,或汹涌
万家灯火,居住心的河床上
苦荞粑粑,荞麦清香,篝火茂盛

有一条河流。从不断炊

因为，她有十多个乳名。每一个乳名

就是一个传奇，一座村庄的乳汁

比如哈古依达。经年累月，在羊皮鼓上

咚咚喂养自己的姓氏

血脉交汇的地方，就是彝语和汉语

黄茅埂

井叶家族。居住的黑色湖泊
消失在牛马的视野之中

曲涅部落从云南迁徙凉山，翻越这道埂
诸葛亮南征，翻越这条埂
一代毕摩宗师阿苏拉则，在这道埂下
修成一条彝人之道

龙头山，一抬头
日出，便打开了一个童话世界
杉、桦、松、柏，是龙头山的鳞甲
日出的千万支剑

牧场草甸。喜欢高寒游牧，逐草而居
喜欢把一群白云、乌云，圈养
一条乳汁清香的河流。瞬息
就柔软、爽滑了一件彝袍的关节、时光

索玛花海，像黄茅埂的唇。每一朵
都是会说话的蝴蝶。每一簇，都是曼妙的和声
每一片，都是一场盛大的口弦
水流，是她抑扬顿挫的伴奏
牛儿、羊儿、马儿，精心呵护这一粒粒
高原精心喂养的文字，并心怀敬畏

它们，喜欢看她笑起来的样子
喜欢嗅她盈满高原的香
喜欢咀嚼和她一起私语的青草

马，是黄茅埂的翅膀。草甸，是马的风衣
牦牛，是高原之舟。草甸，是牦牛之肺

黄茅埂。躺下，是一条脉，一道分水岭
站立。就是一个人，一座脊梁

椅子垭口

山鹰，像绅士。衣冠楚楚，和云海一道
闲庭漫步。像战士，怒发冲冠
从云海中呼啸俯冲

岩鹰鸡、山羊、奔马、斗牛、斗鸡
安静下来，走进一幅画
冷杉、雾松、箭竹、珙桐、杜鹃、溪涧
是那画中的仙

这可急坏了我波涛汹涌的灵感
赶紧赤裸着肉身。在雪地上打坐
向自然肌肤学习、致敬

大凉山、小凉山，在这里结盟
大渡河、金沙江，在这里各怀心事
奔向远方的家

从美姑到峨边，从山里到山外
需要颠簸或平静三个半小时的心情
椅子垭口。每天，都真诚地阴晴着脸

经不起椅子垭口的风。就不配做彝人
不配和彝人交朋友
再甜的苦荞，也不配做药引

背峰山

云。比我捷足先登
她背着妞勒背惹，向更高的云深处打开一扇门
是为了手摘天上的星辰

我不是一头健壮的耕牛，角角向上顶
只能做一只蜗牛。小凉山是我情感的重重之壳

我匍匐背行的之字之书。有五千三百多页
多像郊野之风，吐出的蛇信子
更像是一双手，匍匐翻动的字字珠玑

人生无捷径。九公里，险峻着一种精神
每一亭烽火。都是彝人史诗的森呼吸

栈道。即心道
背峰山。背着我的身体和心情，到达山顶
敏捷如鹰

矗立挑空观景平台。我出奇的平静
一览众山小，那句重复了千年的绝唱
已不再是我此时的心境

而是一位父亲。将一种忠贞与信任
小心翼翼地，托付给我的背脊

黑竹沟

有一种风景。错过了
就是过错

一道沟。分明是大自然，放养在
北纬 30 度线上的一条魔幻彩带
探幽的人、牛、羊、马。多次在这里失踪
而从未失踪的。是它的美，若隐若现
它的神奇，千姿百态

马里冷旧。彝族始祖居住之地
一道山神镇守的门户
三只白蝴蝶。从遥远的都市飞来
轻叩窗棂。她们，想用曼妙的心思
把一国刚刚入睡的鸽子花，轻轻唤醒
白。是一地光阴，一树树的姐妹

而草甸带上。那漫山遍野的密伞千里光

像一簇簇惊喜，云彩于眼帘、心底
还有一些故事。藏匿于沼泽
一些歌声。绵延数公里，繁茂于枯木丛
发育于暗河的喀斯温泉

箭竹清凉。喂养着大熊猫的的使命
大熊猫每回家一次，箭竹们就欢呼雀跃一次
而更多的时间，它们是在翘盼中生长一种
将和平繁衍到整个地球的营养

羚牛、山鹧鸪、小熊猫、短尾猴、猕猴
在神涛林中，追逐涛声、溪涧、虫鸣
在高山海子、野人谷，追逐它们的向往
野人。偶尔和它们擦肩而过
它们新鲜、好奇，像发现了一种濒临灭绝的人类
争着给游人报喜

两株银鹊树。1500岁了，依旧目光澄澈
守望，相敬如宾。空杯心怀，叩问苍天一光年
纷涌而至的后生：华西枫杨、扁刺锥、川黔千金榆
领春木、曼青冈、连香、瘿椒、短更绸李……
热血张开了筋骨。特克马鞍山雄伟的主峰
在它们的脚下，低下了头颅

雪。是最温暖、殷实的主人
洗涤着南来北往的尘埃
一根根冰针。悬在时光的屋檐下
缝补着人间冷暖，相知相惜

冷香泉、沁心泉、三箭泉、鸳鸯窝
泉泉心思精巧、入骨十分
彩色苔藓下的冰蚀、石门关川字瀑
它们。以白水的语言，长鸣警钟
这里一滴一寸的美，都是不可以亵渎的

一株鳄鱼树。匍匐在地
迎来送往栈道上纷沓而来的人们
内心柔软，如苔藓、草芥
蜂巢岩。是一个尽头，但不是心路

杜鹃鸳鸯池。他们的爱，分居两地
遥望而不可及。一泻杜鹃瀑布
为他们的相思，梳妆、沐浴、更衣……

游弋于阴阳界。我，触摸万物生灵
呼吸一沟生与死的壮观，与静美

婚纱瀑布

雨急、路险。飞雾洞，担心我的安全
以雾状的遗憾。万千叮嘱我，下次再来

梗王山瀑之谷。六十八道瀑布
以六十八位姐妹的热情，以她们各自的相思
迎接我的登门造访

而最让我怜香惜玉、心之颤颤的
是那一袭婚纱

就要滴入我的身体了
我的心跳，急速加快。魂魄
已经融化得不属于我自己

幽谷、深涧。即为教堂
水声、风声。即为钟声、牧师声、祝福声

我的忠贞。呈台阶式高低错落、抑扬顿挫

我的新娘。名叫白雪

她正曼妙歌舞。于林间、鸟语、花香……

黑帽顶下。茫茫竹海，都是我们的见证人

一湖寿水。就是我们的余生

天泉洞

地心有天路。从黑暗深处，一梯一梯
登上光明。地心有万人会客厅
胸怀集市、商店、赶苗节。足够容纳
人间的冷暖、悲喜、今昔

洞中的穹庐、大厦。需要多少支
燹人的篝火、离歌。才能盈满
风。是最忧伤最欢快的芦笙
平坦着脚下的路
干燥着路，心情的曲径通幽

天窗。打开一只眼，就再也没有闭上
飞流直下的光阴。融合钟乳石林立的百态千姿
每天，都在不辞劳苦地奔走、变幻
人们置身神话瑶池的奇思遐想

而水滴。才是伟大的建筑师

它的上善精神。永远都不会谢幕

那一只守护洞天的巨蛙。我更喜欢
叫它蟾蜍。虽然我这一生都不会有金蟾之运
也无蟾宫折桂之机。但我深深期望
它能解解我身上的毒
祛祛我心中的痰与痛

从阳光小溪，到幽暗之林
暗河之舟。载不动一只玻璃鱼的身世
它的视力。何时才能看清自己的美
它的美。何时才能逆水游出洞外

天泉洞。多少条历史流过去了
古城废墟、抗战兵工厂遗址
灶台里的硝烟、家国。金戈铁马、同仇敌忾
依然

天坑

谁说——再敏捷的猿猴，也无法攀爬
再轻盈的飞鸟，也挂不住身体
森森竹木、绝壁之瀑。分明引领着我
在这里。坐壁沐浴、坐坑观天

天。圆若我眼，近如右舍左邻
一切。都是冥冥之中的缘分

汇入这潺潺流动的灵气磁场
时光。牵着我的手，一起信步、发现、惊喜
一起放下浑身的尘埃、不如意

这盏旷古漏斗
是大自然赐予人间的一颗初心
从坑底到坑口
我们。都是一叶即将出世的风景

石海

初秋的烟雨。不用撑伞
我对石海。孕育了五亿年的追问
是撑不住的

而烟雨之中的波涛、行军的车辙
奔腾的山羊、马群
一改平日的锋利、野性、勇猛、驰骋
清丽得像含羞的闺秀

仰望或匍匐的目光。迤逦清澈
哪一种嵯峨、叠嶂、喀斯特荣耀
才是我想要抵达的震撼、感动
我沉积的碳酸盐心境

虽早已倦客天涯。生命之根、之源
与全世界那对最长久的夫妻
很生活地告诉我：你也是海的一滴水

置身这莽莽海域，就是归人

至爱与探奇。是打开地球上另一片海

回家的，唯一的钥匙、路径

雅女湖

青花蓝的天空。是雅女的头巾
湖。是雅女的胸襟

水。是雅女的乳汁
甜得人伤心。树，是雅女的身姿
婀娜得春风不知怎样裁剪
蔬菜。是雅女的心花，怒放在
层层梯田之上，可口在美食者舌尖

雅女。和雅女湖一样
是瓦屋山的天珍、尤物，一个世外王国
被它小心翼翼地捧在宽厚的手心
生怕被外来者掠夺、入侵

雅女山歌一起。仿若仙子云中来
一波一波的游鱼，就会跑过来，附耳倾听
一群群游客，就会像白鹭、野鸭、水鸟一样

重新回到村庄。一座叫白云深处的人家

高峡出平湖。一位叫雅女的母亲
她，就临盆在人间的中央

第三辑

文化田园·离浮华很远，离苏东坡很近

兰沟村的竹

在竹的内心
编春色、田园、民俗、民宿、幸福
编一份中国非物质文化遗产
一座城市精神
殷超、陈云华、张德明
三位绣汉子
无疑是三叶最柔软的竹丝

在他们的身后
是成千上万的竹人
被竹披星戴月编织
直至成为竹一生的天然食材
一双隐形的翅膀
一只精美绝伦的瓷胎

十里春风不如竹
竹里巷子、竹里院子。竹的家族

纷繁在山坡、湖畔、庭院……

在兰沟村。从农耕到美术
从乡间篾匠到竹编大师
从昨天走到今天，从中国走到世界
从坚硬到柔软，从生活到生活
竹的血液、气质。一脉相承

最向阳、最俊朗、最动人心弦的那株
还是苏东坡

龙安村

龙安村。这个地名，在中国的版图上
寂寞地守望着。可一说到李密
她就会立刻红光满面、滔滔不绝
讲起从蜀汉到西晋的故事来

日暮西山。星火却不急
一座桥。在李密的故宅凌云
从西向东，横跨于一方荷塘之上
像一副肩膀，挑着山门和山外
这座石结构三孔券的喧嚣
如今，被时光没落在一片荒草之中

李密的读书台。是一座山
山是一部书。层层叠叠，郁郁苍苍
被一个孝字，一页一页地雕刻
页岩、红石，是纸。绝壁，是孝悬空的笔

书是一字孝。家与国
被李密的一汤一药、一情一表
精心侍候。岁月怎样风雨、怎样冰霜
孝，从来都不曾腐蚀、风化

孝和李密，在祖母的怀里呱呱落地
从龙安村出发，又回到了龙安村
一起安居，乐业

刘家大院

源发、楠发兄弟的血汗。滴滴穿石
穿过乾隆年间的马蹄、烽烟
广东嘉应古村落，迁徙川西平原彭山县

刘家宗祠，刘氏心脏。大厅、南庭、北厅
院坝、池塘、龙门、水井。相映成辉
四个大宅院、十四个小宅院，簇拥着族长
屋脊、屋檐、墙壁、梁架、斗拱、柱础
木雕、石雕、瓷塑、灰塑、绘画
鉴赏着活着的民族文化、建筑风貌
叙述着脚下这片土地的深沉

祠堂正厅。古柏一株，古樟一株
引凤凰筑巢，栖喜鹊枝头报喜
风雨与共两兄弟，霜雪依旧笑春风

东山、牧马、青龙、五马。青山抱围屋

古佛堰水绕村流。牌坊、族谱、椿凳
馨香潺潺。流动在岁月的雕刻中

橙色墙壁、青色小瓦、棕色房门、花间小道
一弯清水塘、一面梳妆镜、一堂清明会……

刘家大院。一座宗族历史的院落群
一座文物的村庄。一个寻根问祖的地方
一座刘氏大观园。一种家的声音

谢家竹琴

商朝有竹。善说，传道
一种文化，一种思想，从民间娓娓走来
从竹孔里，拔节、悠扬

谢家竹琴。虽一根竹筒、两块竹片
却有着潺潺山泉、金戈铁马、风花雪月
长河奔流、如诉如泣的唱腔

历史，或现实。只需，左手持简板
右手中指、食指、无名指拍击
只需，一颗连接千载万载的乡音

余韵袅袅。一曲《长寿之乡话古今》
在茶馆、集市、院坝、舞台，生根、发芽
在一座城池突围

盘桓小筑

阳光抚摸鸟鸣。清风抚摸幽林
山泉抚摸茶，山岚抚摸你
你抚摸一本书、一缕熏香、一份心境

樱桃、桑葚、橘子、竹笋……
她们，一伸手，就可以摘到你
并进入你的甘甜、你的惊喜

石片、石板路。是谁摊开的掌纹
山墙上。十八罗汉，静默于自然之中
独立的院落。被一棵棵古老的枣树
拥抱。像拥抱归来的赤子、炊烟

铺纸挥毫。沉心制香。静心煎茶
插画、酒会、摄影、论道……
民宿。禅意。是一个抽象而空大的词
而你。却可以在这里细腻、真切

和星星、月亮，一道入眠
与晨曦，一道醒来
山水。是你漂亮的房子
山水里。生动的芸芸万物
是你丰盛的营养之餐

站在小筑之巅。就可以一览张献忠
打捞沉银

在视高

在视高。我必须学会仰望一些
正在春天拔节的事物
我必须学会低下头来关心自己脚下的路
是不是像两只眼睛

一路上，有很多热情的蚂蚁，树木，高楼
厂房，机声，尘土和人
向我打招呼，向我友善的微笑
他们比我早来一些
即使是客居，却早已把自己当成
视高的主人。他们是我的前辈
兄弟，姐妹，榜样

他们，每天默默地为视高这个名字
造血，输血。他们年轻智慧，体魄健壮
性格开朗。他们是仁寿的北大门
成都天府新区的会客厅

从今天开始，挽起衣袖，裤管
做好造血，输血的准备
我的血液，像视高血管里的柴桑河

社区

社区是一位舶来客。1986 年在中国启航
2013 年才在视高靠岸
像一曲拉丁舞
优雅，高贵，健美，而又性感
对于世代农民出身的视高
还是有些高原反应

视高从一个铺，到一个小镇
走了四百多步。从一个小镇到一座小城
并新生社区细胞的，在全国并不多
很多小镇还在路上，视高只走了两步
它的蹒跚
可想不可言

视高的大多数社区
土地和房屋已经被一把天府新区的尺子
收为囊中之物

随时准备着和主人一起爬楼
它们的心情，像被追赶的兔子
惊险，惊喜，而又胆寒

还有一些社区，至今还未下山
或安度余生
或望眼欲穿

音乐江流

十二位三十岁的青年人
像十二条巴蜀的支流
汇聚成一条叫音乐的江流

他们。是寒泉叮咚
清凉着人间的血压躁动
他们。是天籁虫鸣
舒缓着酷暑的气短胸闷

一切枯萎的事物
都在拨动的心弦中，绿叶蔓枝
一切正在生长的爱
都像山涧溪流，歌唱着涌来

飞得最高的斑头雁
从天空俯冲下来，附耳倾听

燃得最旺的篝火

停止了喧嚣，柔软着夜的告白

汁液最饱满的雪梨

从枝头落下香甜，悉心品味

口弦、民谣、民歌、和声、京戏、川剧高腔……

青春。是一台与大自然共舞的独角戏

一旦开始，就永远没有结束

美得让一个叫阴平的村庄

捂住田园的呼吸

美得让我一个中年诗人的赞叹与敬意

低过音阶，高过白云

西索民居

释迦牟尼的心。托付给一个村庄
一张八宝图，一件"花依"
他的佛语，依山而降。像雨，像雪，像蜜
像一座群居着的，巨大的天堂

石片的炽热。宽阔平实，棱角分明
层层叠叠地，柔软着你的柔软
温暖着你的温暖，坚守着你的坚守
草木、花朵。在石片间扎根、芬芳、美丽
不舍昼夜，相生相息

一种爱，冬暖夏凉。它蜿蜒成一条河流
在碉楼群间，闲庭信步，顺风而下
或拾级而上。和脚下的梭磨河
一起奔跑着滋养、呼应

一件艺术品。气势恢宏，精美珍贵

却不带一丝的杀气。它高高地矗立着
像茫茫黑夜里，一双举着火把的
眼睛

在此。我只是一个访客，只能做一个欣赏者
我的目光，慈祥为一垛柴火
我的肉身，粘合成一滩黄泥

泥湾村

一棵百年茯苓。从《神农本草经》漫漫走来
性味甘淡平，入心、肺、脾经
为一村人渗湿利水、健脾和胃、宁心安神
如今。它葱茏为一座美丽家园
福临天下。是它穷尽一生的夙愿

一种幸福。来得有些猝不及防
泥湾村的原村民。纷纷从低矮的土墙房
乔迁入住红顶黄墙的小洋楼
他们的笑容。不再僵硬，不再溅起一身的泥浆

同一屋檐下。文化广场、运动场、停车位、绿化带……
文明公约。是从脏乱到田园的蜕变
每个人的脸上。每天，都写满白云蓝天
用百家新米，熬成百家新粥。为的是
环境美、人健康、民富足、家和睦、邻友善
忠孝和乐。才是长寿之源

秋天的泥湾村。一把把黄豆饱满的理想

高高晾晒在阳光下。晚生玉米棒子

吐露着最后金色的力量

耙耙柑、爱媛。垂涎欲滴秋天的味蕾

南瓜花、再生稻。吟诵在希望的田野上

鱼塘里的鱼儿。扑出水面，追赶夕阳

油菜籽撒下去。一片片黄土地

又重新穿上了绿衣裳……

从岐山村的"枣子弟"。到泥湾村的"福临哥"

90后驻村第一书记小金。日月星辰三年

风雨岁月。细数着他的泪水、汗滴

百姓满意。蓬勃滋养着他的生长

他把一颗心啊！种植在一座村庄、一个国度

一列乡村振兴的动车上

岷江的浪花。是他澎湃的心跳

牧马山的松涛。是他忠贞的信仰

满园的丹桂。洋溢着他青春热血的芬芳

徐家大院

中国农家乐的心路历程。从这里悄然起步
1985 年的春天。徐家大院，青瓦房的屋檐上
燕子的呢喃，比往年更早、更勤、更喜庆一滴

自此。一锅川西春雨，开始烹调一条
漫长在舌尖上的美味之路，使得这个世界的唇齿
生香乡愁，从城市回归乡村的炊烟风情

那些只有从童年记忆里，袅袅升腾的味道
在灶膛，在蒸笼，在柴火恰到好处的赤诚里
弥漫开来。我们心中的根，营养而天然

方桌、条凳、木椅、窗花、石磨、簸箕
犁头、背篼、斗笠、铜壶、银杏、桂花、盆景
落地玻窗、马桶、米色帘卷、大理石地砖⋯⋯
川西民居、蓝色别墅、乡村酒店

三代人的接力。都是时代的芳华
置身其中。我漫步在自己成长的影子中
院子与院子。和睦相处，故事家长里短

一种叫炖、煮、煎、炸、蒸、凉拌的幸福
在一幅画卷里，相亲相爱，生生不息
在南来北往的人潮中，一席席呈现主人的本色

徐家大院。一座鲜花盛开的村庄
没有围墙的公园。它从哪里来，到哪里去
早起的金弹子晨曦，晚睡的月光海棠
已经告诉我们答案

苗寨

朝着太阳落山的地方。寻找故乡
以血养育古歌、神话，崇拜自然、供奉祖先
依山而建梯田、家园、风情、信仰

一组园林建筑。全木结构、干栏廊庭
一坝、一潭、八廊楼
一幅苗家生活画卷。耕种在滚滚石涛之上
每一步青石铺地、树皮盖顶
都是亲近自然的理念典范
先祖蚩尤。威坐在祭祀殿的正大门中
他头上的牛角。多像半月
朗照着不死的薪火

苗寨。在僰人的消亡地
以一场花山会，簇拥着我
一袭刺绣在身。醉过十二道拦路酒
我手持芦笙。与一朵蜡花百褶裙

对唱情歌、互换腰带

一盘竹笋乌鸡、一碗祝酒歌
一吹牛角号、一曲大坝高装
一寨幸福时光、一场打铁花的流水悲欢……
一腔民族的往事。扑面而来

今夜。我就是那位砍柴的苗家儿郎

幺麻子

两千多年前。藤椒，来到这个大千世界
因钟情雅女故乡的阳光
在这里落地生根，与洪雅相依为命
它的内心，也因此无比炙热温暖
它以奇特馨香，帮诸葛亮化解了一场战争
一种天下传奇，因椒而起

一棵百年藤椒树王。生于止戈千秋坪
自从被请入幺麻子这片热土
它便开启了漫漫一生的美食哺育之旅

柑子场。中国藤椒文化博物馆
一粒藤椒。从青衣江和瓦屋山出发
水磨、老榨房、家庭作坊、藤椒浴、熏香椅……
回到幺麻子的手上。一滴金黄
散寒解毒、散瘀活络、消食健胃、增进食欲
《本草纲目》的慧眼

清澈着岁月笑容的沧桑

幺麻子藤椒油。最初，是一个人的味道
一座城市的味道。历经风雨的萃取、鲜榨、秘制以后
开始游走在中国、欧洲、非洲的舌尖

天下第一钵——幺麻子钵钵鸡
是幺麻子藤椒油情感的寄托，突发的灵感
风情园里有藤椒宴、养生宴、山珍宴
把洪雅元素、中国味道，一一道来

一部叫《一代天椒》的情景剧
每天都在德元楼，在幺麻子所到之处
精彩上演。主演赵跃军
无疑是那最清香麻的一角

忆村院子

一座院子，携时光。住在湖面上
码头上，有一把阳光的椅子
从未离开过。它，在记忆什么？

川西民居。徽派建筑
相亲相爱为一位崇尚简约的画家
将一座座心境
勾勒成一幅水墨

江南。在这里失色
你。在这里找回自己
底色青白。该是一种怎样的生命境地

驿站。竹丛、松涛、草坪、荷花……
这一位位美得惊艳。好客的主人
为你递上一杯清茶，一碟美食
一盏心灯

不管是诗意，还是佛系。玄青、山吹
辰砂、小豆、水绿、黛蓝、毛月、蜜合
都会与你洁白良宵

清欢小院。风轻云淡
太极、禅舞、抄经、颂钵、花道
与古筝一道悠扬
一道打开心结

忆村。离浮华很远，离苏东坡很近

幸福古村

赵桥。躬着腰，扛着一座村庄古岁月的藤蔓
无论如何，也锄不掉它的出生
盐铁古道。在草丛里踏出一条记忆辙痕
水车、水磨。流淌现代的语言
不知疲倦地，吐露一个个不老的传说

被爱情遗忘的角落
土墙犹在木板房犹在
沈丹萍的初恋，喘息着芬芳

夫妻银杏树。他们的殉情
落地生根，郁郁苍苍，参天挺立千年
彭端淑，在此追寻比翼鸟、连理枝

幸福公社。桤木林、青瓦房、雕花木窗
八仙桌、高板凳。以盖碗茶、冻粑、干拌鸡
探秘，来此探秘幸福的客人

风斗、板簧、簸箕、斗笠、蓑衣、笕笕、背篓、竹耙
犁头、渔笆笼、草鞋、草帽、农渠、堰塘
玉米、稻草、高粱……

这些旧的农耕文明
在知青点在家家户户的日常生活里，依然眉清目秀
敞亮着心扉，像一盏灯

鹰嘴岩。泪眼俯瞰，膝下的一片天地
石板路。赤着脚，赤着过往
在蜿蜿蜒蜒的青苔上，把血液凝成了一行诗

幸福古村的幸福。质朴得从未走神

柳街的幸福

柳街的幸福。其实不是二月的春风裁剪的
是柳街这双灵巧的手一针一线给织就的
像织一匹匹垂挂天地的蜀锦蜀绣
清清澈澈地流淌在向阳的山坡，沟壑，房前，屋后
多少年了，柳街的幸福。就这样
像阳光。孜孜不倦地照耀着
以至于柳街。从嘴里说出的每一句话
每一个词都是：幸福

以至于柳街。总喜欢低下头来
尝一尝川西坝子，泥土的虔诚，稻的丰收
花的笑容，水的欢歌

兰花。是柳街心仪已久的知己，红颜
柳街娶过来的新娘
以至于柳街。幸福到每一朵花儿
每一朵花儿抑扬顿挫的呼吸

每一个花瓣，每一次的盛开和凋零
连滋养泥土和花儿的每一滴雨
也是幸福的

每一缕风也是幸福的
每一缕风中飞翔的每一只鸟也是幸福的
每一条溪流也是幸福的
每一条溪流里游弋的每一条鱼也是幸福的

每一支在稻田里飞的、跑的、游的薅秧歌
也是幸福的
每一首刚从田间上岸的诗歌也是幸福的

每一座院落也是幸福的
每一座院落里安居的柳街人也是幸福的
柳街每一次蝶变的阵痛也是幸福的
柳街每一天行走的秒秒分分
也是幸福的

柳街的幸福。除了姓柳外
还姓兰，姓歌，姓诗，姓田园……
其实，柳街的幸福，要比一个祖国大许多

农民诗人

一群诗人。喜欢天天在田间写诗
镰刀、锄头和犁是笔。汗水是墨汁

他们用乡音写。用庄稼写
蘸着阳光写，蘸着风写，蘸着雨写
他们写的诗都很妙。绿油油一行
金灿灿一行，白茫茫一行
雷鸣电闪又一行。最短的一句就一个人
或一个村
最壮阔的一句九百六十万平方公里

他们出版的诗集。有天空这么辽阔
土地这么厚。他们的诗集
鸟读得明白，泥土读得明白
水牛读得明白，丰收读得明白
乡村读得明白
读得最透彻领会最深的是柳街

这么多年了。他们还在柳街的心坎上写
中国的心坎上写。他们就这么一直写着
他们。是他们诗中不眠的一个字，一个词
一句话，一首诗

他们。是柳街剪不断的一柳一柳的
乡愁

火塘

柴垛高挑。肤色，从金黄到黝黑
身体，从成材到煅烧，从火种到火苗、火塘
要经过多少风雪阳光的孕育、发酵

火塘。坐在堂屋中靠左的地方
像一位远古的毕摩，使出浑身的解数
从最初的生存手段，到驱赶蝗虫、灾难、病魔
他的燃烧。像一种宗教式的佛光
温暖、抚摸、光明。生生不息

马铃薯、玉米、苦荞、牛、羊、马……
一代接一代。在火光中
饱满，或者衰老，完成宿命
从一粒粮食、生命，皈依为一粒火

祖先的锅庄石。一锅锅，被灶膛搬走
一个节日、一种精神。像一面生活的镜子

阴晴圆缺的魂

怀抱一个图腾。一位自然崇拜者
在火塘边煮饭、议事、取暖、睡觉、繁衍
载歌载舞、相亲相爱
也在火塘边隐忍。乌黑的铁三角
性灵的方寸之地，光影与泪眼婆娑

一个民族。把一团火的忠贞、爱恨
完整地交付给了深爱着的祖国

黑黄红

两只牛角。远离了牧场、屠宰场
在一座城池的屋檐口，或挑上
在命运的至高处，继续耕耘
风调雨顺、五谷丰登

它的眼睛。黑得庄重、尊贵，清澈见底
黑得人们匍匐在地的跪拜，深不见底

它的语言。红得像心脏
一旦打开。热情、勤劳、勇敢的彝人
就会像斗牛一样，涌过来

它的理想。美丽、光明
黄色，收割着一望无垠的田野

既然，黑夜是白日的一盏灯
就做时光的底色吧

再镶以红黄两色，生活多么精彩纷呈

一头牛。两只角
是游牧在天空和大地的，心上之根

古井村

三只喜鹊。站在屋檐的太阳能热水器上
用山泉讲述着一座村庄的今生前世
一丛丛野芍药，张开友谊和情爱
守候在家家户户的房前屋后。迎接山外来的客人
健康着森林村居家园的梦想

阿洛石达放下牛羊，曲别小兵打工返乡
岁月，是一口云端上流淌的古井
从土墙房、竹木房、古民居
到现代彝家新寨、玻璃阳光民宿、客栈
一眼读千年

枝头的红花椒。麻得清澈，红得鲜香
柴垛高高。指引我石级而上

用一捧净土养心
用一杯漆碟饮茶

用一块银饰烛照夜晚

将日月、山川绣在头顶

将鸟兽、花卉、植物穿在身上

月琴、口弦的如泣如诉，悠扬远方

不知浸润在酒歌情歌的阿灵妹妹

她能不能听得见……

蓝天、雪山、雾凇、冰挂、云霞

饮食、服饰、文字、婚俗、毕摩、劳作……

沉浸于一场小凉山彝族婚俗的实景演出

端起生态碗，吃上旅游饭

村民和游客的笑容。是古井的一面镜子

一幅彝风彝韵的田园之光

一个民族的衣食住行、繁衍生息、喜怒哀乐

在一弯新月里皎洁

彝族古民居

一个向阳的坡地。一座彝族古民居
被泥土和石子夯成的土墙，托举着
被一根根烟尘的木梁，搀扶着
被头顶的一叶叶风雨，呵护着

屋很狭小。床也很狭小
毕摩的衣服很宽大，毕摩的法帽很威严
蓑衣上的露珠。滚动着朝霞与黄昏
美好的气息。流动着多么辽阔的芬芳
带我入一个巨大的迷宫

一部民族的经卷。安放在线兜里
斑驳地叙说着，峥嵘的唇语
茫茫彝文。像山鹰的喙，啄食人间的烟火

幽暗的堂屋。一束光，打在火塘上
议事的喧嚣。沸腾在一铁锅昨日的风云里

犁铧、镰刀、凿子、斧头、锯子、草鞋
木盆、筲箕、簸箕……这些用旧了的
农耕文明遗产。保留着昔日的辉煌场景
储水木桶。空杯着一腔盈盈的热爱

刺绣的阿妹。她坐在了窗前
哪一夜的月亮，才是她绣出的心扉
一把月琴。弹奏着阿哥怎样的爱恋……

对不起。我的到来，是不是太晚了
它缤纷的美，或已塌陷，或已灰飞烟灭
唯有一些记忆，还顽强地残缺着

时代在变迁。文明，也在负重着交融、前行
这里是爱国主义教育基地
一颗红五星。明光锃亮，点燃了我的造访

屋门前的两朵南瓜花。多像两盏灯
举着古老和年轻的信仰

底底古村

"不听父训错走十道梁
不听母劝枉过五条沟"

在全国乡村旅游重点村、天府旅游名村
——底底古村。刻在墙上的彝族谚语
让我再一次想起早已逝去的父母

一座村庄的道路。曲折通幽
玉米棒子。恣意地饱满生命之浆
四季豆。清清脆脆地挂在竹篱笆上
禅驿民宿。茶香、书香、美食香
花的香。被悬崖上的野百合
——捕捉、记录

有多少片森林。在这里静静地守护
有多少宁静的夜晚。在这里栖居
有多少旅途的人。曾在在这里休养

没有一丝的征兆。突然，我噌的一声

向眼前的村庄，跪下来

那道从山岭飞流直下的玉沙

哪一滴，才是拨动我神经的弦

松林坡

雨后天晴。内江女子晓英，在一栋两层小别墅的
院落里，怡然自乐摘李子。"我和吉克是自由恋爱
在成都一家绣花厂认识。彝汉一家亲啊
结婚七年了，我们的日子过得挺好的
开始是饮食和风俗不习惯，后来就慢慢适应了
如今，吉克在外跑车，我在家带孩子……"
她手里牵一个，背上背一个。两个女儿
多像她刚刚摘下的，篮子里的脆红李

村民吉录面对眼前五亩的郁郁葱葱
两手紧握消委会工作人员的手
"咔莎莎、咔莎莎！今年一定有个好收成！"
可三月份，吉录在一蔬菜良种经营部购买的玉米种子
久不出苗。无奈之下，向县消委会寻求帮助
工作人员立即驱车到地里实地查看取证
种子已过保质期。经过调解，吉录得到了赔偿
立即重新购买了玉米种子，及时复种

种回了玉米棒子白胡须、红胡须的丰收愿望

八十岁的阿嬷。坐在自家的门槛上，唱山歌
"梦都梦不到，我们住的房子，都是国家给修的！"
她带我参观她的新居，给我讲解房前屋后
每一幅彝乡壁画的故事。她请我喝彝茶
摘桃子给我吃。她有些吐字不清的椒盐汉话
让原本兴奋的村庄。又红润、饱满了许多……

松涛。庇护着梯田层层的云上仙居
松林坡。红瓦黄墙黑牛角檐的幸福，依山寿养
扇面笋斗。在餐桌上美味着我的舌尖
孩子们。或在花径间奔跑、嬉闹
或搭一小凳，在庭院里写字、诵读

茗新村

开辟一条彝区自主移民搬迁聚居的新路
美姑、甘洛、昭觉、越西、雷波、喜德……
大小凉山，248户1200多名彝区的彝民
落户在这"八县村"。十多年以来
沙坪茶场留下的危房，堆满他们难以果腹的
土豆、玉米、贫穷、怨恨，还有那
漫山遍野的脏、乱、差

开启一个从新寨到心寨的幸福按钮
2017年11月。茗新村，四川省最迟的
一个建制村，在宋家山半坡上，应运而生
猪、牛、羊，下得楼来，住进了集中养殖区
给无户儿童都上户
给上不起学的孩子以学堂
给每个村组"白练"似的道路
给家家户户独栋"拎包入住"的新家
给房前屋后一"微田园"

给健康一个卫生室

给贫困者一个脱贫车间

给党群服务中心一片交心绿地

让彝语露天电影，走进乡村红色的心田

给做好事、树文明新风的村民

开"积分超市"，免费兑换生活用品

给土地以流传，给村民家门口的务工良机

给李子、芍药、白芨、金银花以用武之地

给天麻以种植和加工园区

将这一中药材之华宝，供血天下的理想

无土栽培在瓶子里

第二批全国乡村治理示范乡村

四川十大最亮眼村居——茗新村

从阵痛到惊喜，从后进村到民心村、明星村

从移风易俗、人居卫生环境、生活习惯、村容村貌

到精神和物质双小康的改善

盈盈木春菊。是最亲切灿烂的见证人

太平渡

太平渡。中国版图上
若隐若无的名字
呼吸，像发丝般细微
自从和红军有了第一次约会
便打开了沉睡千年的神秘磁场

太平渡。毛泽东草书的肋骨
她高高挑挑、清清瘦瘦的
伫立在赤水河的最高处
每一笔、每一划
都那么风骨、硬朗

徜徉于长征街
盐号中腌制的故事
石级上风化的脚步
泥墙上斑驳的红色标语
老鹰石紧栓的绳索和浮桥

与一群着五角帽戴斗笠的人一起
在纪念碑上笔直站立

吊脚楼的星星之火
依山点亮。如同太平渡人手中
一串串鲜红的思念
那些已经逝去的伤口和泪水
被重新缝补和温暖

太平渡在左。景仰在右
我借我心四渡赤水

苴却砚

文房四宝。砚，排名第四
若没有砚，笔失去了灵感，墨失去了光彩
纸失去了舞台。苴却砚，古老而年轻
集端砚、歙砚、洮砚、红丝砚之美于一身

端详着它，攀枝花就打开了话匣子
诸葛亮在古拉窄渡口安营扎寨，喜得七星砚
唐宋时期，苴却砚即为和平之礼、贡品
亮相巴拿马国际展会展于清，又失传于清

罗敬如先生，是苴却砚的慧眼
金沙江沿岸、平地镇、大龙潭乡的悬崖峭壁
是苴却砚的母语、原乡
中国彩砚，是苴却砚的桂冠
膘、眼、线、纹，是苴却砚丰富的情感

出之神工鬼斧，抚之如婴儿肌肤

扣之声音清越铿然，视之文理清秀

品之爱不释手，用之笔墨生花、岁月留香

苴却砚，攀枝花的眼

似初升红日、当空皓月

敬畏自然，沐浴人间

道德超市

有一种币。叫道德，它可以积分
1 分等值 2 元。可以兑换洗衣粉、洗洁精
牙刷、牙膏、盐巴、酱油、醋、餐巾纸等日用品
每个村民。都拥有一个以德换得的道德账户

有一间乡风文明。叫道德超市
2019 年 5 月开张以来，"生意"一直很红火
农药瓶、化肥编织袋、白色垃圾、废旧电池……
这些形形色色的污染源
都在这里找到了归宿

"现在想捡个废旧瓶子兑积分都难了
村里基本没有了！"52 岁的王佐琼
她趁着卖茶叶的空隙时间
来到村里的道德超市兑换积分
"我们的生活越来越好了
乱丢垃圾、焚烧秸秆的现象消失了

家门前的环境越来越干净了。心情好了
邻里、婆媳之间的关系也和睦了
红黑榜上的黑名单也没有了
真的是花了小钱，办了大事啊！"

扫黑除恶、平安建设、好人好事、孝老爱亲、
家庭整洁、建言献策、产业兴旺、志愿服务
矛盾纠纷调解……
全国"村级乡风文明建设"优秀典型案例
道德超市的初心。绽放在稻花铺满的田野上
那是巴蜀大地的第一朵芬芳
新时代一张文明实践的鲜活名片

唯愿万年村啊万年美

文化大院

从田间卷起泥腿。上岸
从棋牌娱乐里起身。上岸

入书海。洗荒芜经年的心海
忠、孝、廉、耻、仁、义、礼、智、信
读。一千遍一万遍的读
像读苏东坡一样的读
像读一朵朵桂花一样的读
像读一粒粒稻谷一样的读
像读一滴滴汗水一样的读
像读幸福像流水一样的读
像读儿子孙子重孙子一样的读
像小学生一样摇头晃脑的读
像老子孔子孟子庄子一样低头沉思的读

入艺园。是观众，也是演员
乡规民约、爱小孝老、祖国美好变迁

是老百姓最喜闻乐见的节目

无知从这里知了
无德从这里德了
无香从这里香了
无望从这里望了

从鹤发到童颜。从过去城市送文化下乡
到现在农村送文化进城

桂花村。一家文化大院内
王作平正组织他的草根艺术团
忙碌着进城演出
幸福人民的幸福

"打平伙"食堂

回龙村。"没地方耍"的留守老人
被一间叫"打平伙"的食堂
打通了人世间的"最后一公里"

张婆婆从自家的地里摘来菜瓜
李大爷从自家的鸡窝逮来鸡娃
肖嬢嬢从自家的粮仓舀来米面
王叔叔从自家的碗柜拿来碗筷
自发推选出会计、出纳、厨师……

"一个人吃饭不香,一堆人吃饭用抢"
一种特定历史时期的炊烟
在久违的幸福中,重新裛动心海

用红歌煮国庆面、用芦苇杆打糍粑
用宽竹叶包粽子、用韭菜馅包饺子
用欢乐这块蛋糕过集体生日……

在龙门阵中听革命故事、谈时事新闻
感幸福生活。在土地流转承包、道路修整维护
村集体经济发展中，学政策、献点滴智慧

户长会、院坝会、食堂会的春风
吹跑了迷信、诈骗、家长里短、边界田坎
吹来了移风易俗新风尚
还有那"村小二""花木兰"，这一对对
物质平伙与精神平伙的好搭档

他们。正走在一起，手脚曼妙地
做着清扫村道这一套健身操

水井湾

水井湾。像是母亲的一碗热汤饭
岳母的一杯凉茶。一个长在石缝里的家

她每天都在张望、翘盼、等待
那些在这里歇脚，解渴
充饥、远行、归来的孩子……

这隐秘在山坳里的第二故乡
曾经是多么的褴褛泥泞。我和妻子
深一脚浅一脚从广州赶回来结婚
又深一脚浅一脚地离开

一根旧扁担。是挂在墙上的过往
一颗蜜桔。推倒一间土墙草房
盖起一座小洋楼
一条乡村玉带。将群策村载向远方

打了半辈子光棍、吃了半辈子低保的哑巴
手牵一个三岁的小女孩。衣着整洁的他
跑上前来比划着跟我打招呼
清清秀秀的妻子。忙着在树上采摘阳光

她说，政府给他们盖了三间白墙瓦房
还请农科专家手把手教他们种幸福
"精准扶贫、乡村振兴啊
才是我们心中，那最甘甜的水井湾！"

我从未离开过她的丰盈
更从未离开过她的清瘦

康乐村村史馆

学堂湾的书声。袅袅凌云之志
一代循吏李拔，归来康乐。榕荫后世

一栋两层的小楼。一座袖珍村史馆
一幅幅斑驳的老照片。洞穿了
我对一条明清时空隧道的模糊认知
一行行残缺而美的文字。抚摸着
一座村庄一路泥泞的足迹

名人乡贤、乡村文化建设者、下乡知青
企业管理者、学者、教师……
他们从不同的时代赶来。一张张笑脸
装帧成一面村庄最心仪的画框

村史沿革、民风民俗、地名故事
礼仪文化、村歌村训、党史党建……
从骨子里流淌出的爱恋。哪一粒

不是村民的精神钙片、记忆乡愁
时代的美好变迁

一馆"活历史"。一条静态的家与村
村与国的纽带,一垄文化的庄稼
却涓涓营养着一村血脉的秉性
一代代人的使命

作家建红。他将一册《李拔馆记》
放进了村史棺的一个橱窗中。也将李拔
勤政爱民,清正廉洁的一生
装进了我的诗歌里

竹钢

雅竹。在历史的深处
常常是以一张纸的姿势、情感
在文字里吟诵、蛰伏

它从来也不曾想到
若干年以后。自己会以一种钢的意志
站起来
并成为一个未知领域的坐标

在竹钢国际生态产业园
竹元科技赋予竹一种全新的品质
完全颠覆了竹的想象力

天然慈竹。这一竹钢之母
感恩大自然的慷慨馈赠
在酚醛树脂热压胶合的锻造下
开始了一条漫长而神奇的蝶变之旅

它俯首即为楼梯、火车地板、集装箱底板
风景栈道。旋转起来就是风电的叶片
唯美即为屏风、门窗、家居、茶具……
中国山水、家国情怀

它的腰肢柔韧如柳、弹性若鼓
它的身躯能屈能伸、张弛有度
它的从容冷静抗火阻燃
它的爱防腐防虫、低碳环保
它的优秀禀性、文明故事
在昭君博物馆、阿那亚图书馆、七舍院落
借一张桌、一把椅、一本书的缜密心思
钢中带柔，涓涓叙说人类今天一部竹建筑史

世界园艺博览会。只不过
竹钢这位新工业时代的开创者、攀登者
在竹技高原上征服的其中一座高峰

第四辑

花开田园·我们的芬芳，不喜不悲

杜鹃

离天空最近的地方。一匹蜀锦
浩瀚如海，泼墨在一张桌山之巅
每一株直插云霄的冷杉
都是我的沧桑
每一丛的姹紫嫣红
都是皈依我心的画卷

即使。一场春雪，多么不合时宜
绊住了她们，万马奔腾的心境
消瘦了她们，饱满欲滴的容颜
使得我的震撼与惊喜。落差千仞
但我对她们澎湃的忠贞。依然飞流直下

此时。我就是微雨、薄雾、兰溪
还她们一瑶池的翩翩起舞、流连戏蝶
还她们一方鹃国的波澜壮阔

观花自照。不问远古今朝
也不问异乡与故乡。杜鹃的美
本就是一种千难万险的迁徙
从来就没有辜负，与对错

世界的高山杜鹃，在中国
中国的高山杜鹃，在瓦屋

鹃开鹃落。生命的轮回
是回归，也是出发。我，也是其中的一朵

我们的芬芳。不喜不悲

鸽子花

天下瓦屋。藏在深山的另一位闺女
即使。自己也是一朵云
也要坚持，每天在半山深情仰望

轻盈、灵动。是她的翅膀
白。是她清澈的语言
翅膀与语言。一旦张开
整个世界。该是一种多么冰清玉洁的飞翔

一朵故乡。因她，温婉如玉
一叶植物活化石。因她，从未停下生命的脚步
1000 万年前。一条筚路蓝缕的旅程
萃取了大自然，最具魔力的摇篮
永恒了人类，最钟情的热爱

鸽子花的生活。就是我想要的岁月
她生活的理想。就是我为了理想的生活

我对她的每一次造访
都是一场清风扶露的沐浴啊
含蓄、纯真、温润、清新、高雅……
雨雾着一页页香气袭人的神往

像一部童话

凤鸣花谷

一谷花语，像凤凰。舞蹈、鸣唱
在一个向阳的山坡、山窝
每一朵花的怒放。都是飞翔的鼓点
静候着，你的一段音乐寻花之旅

花的翅膀。像一行行白鹭，扑打着
泥土，扑打着芬芳，也扑打着你的惊讶

非洲菊，抑或扶郎花。热情狂野着的
一滴秘密，就要滑下来。鹤望兰、紫娇花
萱草、水生鸢尾、树葡萄花、玫瑰……
如童话的光环。柳叶马鞭，紫色的画笔
画满了大地，画天空

北美冬青。独盈枝头
裹着一团火，给冬天取暖
虫草桑葚。甜美着一个个味蕾

芍药。保护着一份份爱情

睡莲于塘。像一位造梦者
与民宿邻居。与民俗、农耕同语

花宿、花茶、花餐、花陶、花蜜、花心
凡来凤鸣花谷的人。谁都不是客!

野棉花

她，还是那么野。野得漫山遍野
野得不用一针一线，就纺出了
我的温暖。像一件小棉袄
野得不用一炮一红，我的姐姐
就出嫁了。野得母亲的灯芯
又重新挺直了腰身

她喜欢日开夜合，日子的边缘
有小小的牙齿，咬出了满天的星辰
她的笑容。白里透红，却一点都不忧伤
她的生命。就是用来绽放，以及
抗炎、解热镇痛、镇静、抗惊厥……
她，治好了我多年以来的自卑

野棉花啊，野棉花，儿时的妈妈
七月出嫁，十月守家
我的致敬。像她一样如此清澈、甜美

在山地、草坡、沟壑、树林、麦田

在毗卢神山、梭磨河畔、婆陵甲萨⋯⋯

蓝花楹

这个夏天。我是自己的蓝花楹
宁静、深邃、幽远，洗涤世界的尘埃
我所到达的地方，都叫心谷蓝
我的爱。像庞大的蓝水系，被天地收藏
这一滴滴蓝色的泪水。又怎会
让时光绝望？

东坡海棠

海棠。在竹篱间，嫣然一笑
满山的桃花、李花。自觉不如她闺阁
纷纷低下高傲的头

海棠。担心夜深了
一觉睡去。错过心中的知音
所以。她秉烛、夜读、穿针引线
盼啊盼。望着她的芳华
像东坡的句句诗词，朗朗而开

或西府，亭亭玉立
或垂丝，欲语还休
或贴梗，对镜红妆……
一滴滴快乐的花语。怀揣东坡的使命
根植于老家三苏祠的庭院
角隅、草坪、树丛、溪畔。轻轻叩开
一朵朵花君子，穿越时空的心扉——

李清照来了。反复追问：
知否，知否？应是绿肥红瘦
杨万里一来。就醉得不省人事
陆游来了。花前顿觉无颜色
洪雅县令沈立。倾倒于蒙蒙花雨中

流亡的陈与义来了。他把海棠
深深地融进了自己的风骨
唐伯虎来了。把一片春心都托付了

就连来三苏祠葬花的林黛玉
也娇羞默默同它诉……

五龙山桐花

桐花。在蛰伏了许多年以后
五龙山。以一座山的胸怀
把与世隔绝的她，给请了回来
她的美，洁净得需要徒步。车马尘埃岂能纷扰
她的香，一览众山小。需要赤足攀登
风。是桐花的信使，山谷的知音

成千上万的巨石、奇石。以喀斯特地貌
以同一种姿势、同一个方向
守护着这一场遍及深山的，春天的瑞雪
化石村的内心，像雪一样澄静

黑瓦。土坯墙。四合院。柴火。红灯笼
一颗颗寻芳而来的虔诚
在小板凳上坐下来。促膝长谈
这久违了的古宅、久违了的古老桐香
辽阔而高远

溶洞。储存着桐花的前世今生

阴阳八卦回音阵。回荡着桐花的山歌

像一条河，从这山，流淌到那山

风声、雨声、水声、鸟声、虫声、人声

琵琶、古筝、笛声、琴声、木鱼石声、风动石岩声……

都是她的和声

桐花森林。是桐花的原乡

她生于此，青春于此，老于此

曹家梨花

曹家春天的事情。就是一朵又一朵梨花
在田野、沟壑，山坡，房前屋后
拼了命的白。像一枚枚银鱼，等着皈依
是一只羊，像古老的纺车，把一年年白云
纺成纱，织成布，静静地披在身上

白天。曹家铺开一页页宣纸
让一只只蝴蝶，在纸上写意，抒怀
曹家遗传的姓氏，营养，基因
夜晚。古村陪伴一架灌溉幸福的水车
张开灯光的翅膀
精心呵护梦中酣睡的子民

梨花。是曹家的若干水系里，最柔软
或最壮阔的一条月河
曹家春天的事情。就是交出一生的爱恋
交出骨头的碎片，交出洁白的声音

在春天的灯芯之上，辽阔之上
写一封致远方的邀请函

而此时。曹家可以启程了
像一匹白马

青岗油菜花

这里的油菜花。比别处要远古一些
它们，喜欢天工开物，道法自然
喜欢在大地的辽阔之上，辽阔

它们，是天才的油画家
春风绿，河水笑，杨柳腰，麦苗望
是它们最田园的表达

从眉山到青岗。需要转两次车
却只一朵花，一首诗的距离

中岗桃花

桃花谷。在这里赏景、泼墨
或者写诗，无须绞尽脑汁。随处就可捕捉
我多年，甚至一生也捕捉不到的灵感
不敢采摘。每一朵桃花
都是一句生动的台词

登上桃花台。凭栏
我像站在江山之巅，满眼
都是我的桃妃、红颜
嗅着她们的味道。我，几乎
分不清哪一朵是桃花，哪一朵是情怀
以一朵风情。扑过去，扑过去
桃花每一滴含苞欲放的言语
才是我想要的幸福

长仙沟的初春。总是被一群唐诗宋词追赶
她平平仄仄地抖落一脸脂粉

露出，一把傲骨。千万朵，汇在一起
就是贵平大地，春天的名片

一场馨香馥郁的盛筵

槐花儿开

挂在枝头的，那一丛丛
静静的白，静静的香
在田边、房前、地角、堤坝
朴素地，漫无边际地开

村庄为你让开一条道路
春天为你让开五月
蜜蜂为你让开香甜
《本草纲目》为你让开药罐
月光为你让开每个夜晚

槐花。我要打开你
一排排缝满纽扣的疼
我要把心，心里的羞愧，以及
开满槐花的日子
缝着槐花扣的衬衫
盛着槐花酒的酒缸

——打开

我要把故乡穿在身上
慢慢地往回走
走到母亲的白发
像槐花，轻轻洒下来
走到黑夜里，那盏等我的灯
突然亮起来

苏铁

巴蜀三宝。攀枝花苏铁为其一
虽和恐龙一起出生，却没和恐龙一起灭绝
纬度最北、海拔最高、面积最大
株数最多、分布最集中
是它最天然的告白

这一世界珍稀濒危物种
稀有、珍贵、古老，是岁月赐予它的封号
它却能在横断山脉、云贵高原、金沙江流域
或于峭壁，孤独凝思
或伏于地，张开丰硕的幸福
或于石缝，挤出一条记忆的闸门
或于时光之海，呈现艺术的古朴、优美

不论雌雄，千军万马地开花、结果
不论它世代如何茁壮、繁衍
不论我低下的头颅有多虔诚